後藤又兵衛

人物文庫

学陽書房

目次

第一章　起死回生

1

「遅い――!」

後藤又兵衛《ごとうまたべえ》は、たちこめる深い霧を切り裂くような鋭い怒声をあげた。

約束の後続部隊が、まだ姿を見せない。もし、後詰めの部隊が間に合わなければ、又兵衛はわずか二千八百の手勢で、三万の東軍(徳川《とくがわ》軍)に当たらなければならなかった。

もとより、前年の大坂《おおさか》冬の陣で豊臣《とよとみ》方についた又兵衛に、勝ちの見込みが薄いことは当初からわかっていた。

それにしてもこれでは戦力差は圧倒的で、死兵も同然である。いや、死はもとより覚悟している。だがそれよりも、又兵衛が練りあげた、圧倒的な敵勢を打ち破るた唯一の秘策が、根底からその前提条件を失うことが残念であった。

徳川方によって一方的に和議が破られ、外堀はおろか内堀までもが埋め立てられた豊臣方は、もはや城を出て戦うよりない状態に追い込まれていた。

慶長二十年(一六一五)五月五日、二十三万の東西両軍が激突する大坂夏の陣の火蓋が切って落とされることとなった。

後藤又兵衛は五月六日、ひたひたと押し寄せる怒濤のような大軍を迎え撃つべく、大坂平野の陣を発し、大和《やまと》と河内《かわち》を隔てる国分《こくぶ》峠近くまで軍を進めた。

付近一帯は、狭隘《きょうあい》な山岳地帯で、さしもの敵の大軍も、糸のように細く長く延びて、狭い山路を越えなければならなかった。

東軍がその国分の峠を、越えて来る。

又兵衛は、この報告に接し、その巨体を小躍りさせて喜んだ。

この国分越えの機先を制して、付近の小松山に陣を敷き、敵の先鋒《せんぽう》を次々に撃破していけば、戦力の差は充分に補《おぎな》うことができるはずであった。

だが、それも条件がつく。味方にそれ相応の戦力が備わってのことである。

又兵衛の手勢三千足らずでは、いかに戦略的に恵まれたところで、十倍の敵軍を撃ち破ることはとても困難なのであった。

戦場において、けっして感情の色を表わすことのない又兵衛が、この時焦りの色を露《あらわ》にしたのも当然といえた。

又兵衛が待つ後続部隊は、真田《さなだ》部隊一万二千であった。

遅れている理由は、明らかであった。又兵衛の部隊も終始悩まされどおしの、この深い霧である。

白濁した沼の底のような深い霧である。前を行く兵卒の背が、松明《たいまつ》の灯《ひ》でようやく確認できるほどであった。

事実、後藤隊も、一寸刻みの苦しい行軍を続け、いま兵を休めているここ藤井寺《ふじいでら》までの一里半の行程を、七時間もかけて進んで来たのであった。

だが、考えてみれば、霧で思うように行軍できないのは、真田の隊も同じはずである。真田隊だけが、目立って遅れる理由にはなりえなかった。

この点を衝《つ》いて、又兵衛の部下の中には幸村《ゆきむら》を疑う者も多かった。

その理由としてこの頃、幸村が、又兵衛とことごとく対立していたことが挙げられた。

大坂城南方の出丸《でまる》（後にいう真田丸）の増築を、又兵衛と幸村は期せずしてほぼ同時に提案したが、幸村は強くその功を主張して譲らなかった。

この時又兵衛は、豊臣家家老大野治長《おおのはるなが》の求めに応じ、真田に譲って事を収めた。

そして、このたびの国分攻めでは又兵衛の策に最後まで幸村は強く反対した。

幸村は、大坂城の南、四天王寺《してんのうじ》に出城《でじろ》を築き、この出城と大坂城で東軍を挟み撃ちにする作戦を主張したのである。

この真田案は、東軍が又兵衛の読みどおり国分峠越えをして来ることが明らかとなったため流れた。

ともあれ、こんな対立はあったものの、又兵衛は幸村を信じ、その到着もけっして疑わなかった。

又兵衛は、何度も物見の兵を放って後方を探らせた。霧の中を、もがき苦しんでいるはずの真田隊を確認するためである。

幾度めかの物見が戻った頃には、後藤隊の者はあらためて死の覚悟を固め始めた。真田が来ないならば、死兵となることは間違いないからであった。


死の想念の支配する静まりかえった後藤隊にあって、一人の若侍がじっと又兵衛の一挙手一投足を見つめていた。

又兵衛の近習《きんじゅ》に付けられた豊臣家の家臣、長澤九郎兵衛《ながさわくろべえ》であった。

九郎兵衛にとって、又兵衛はこれまで見上げるように巨大な存在であった。兵馬の鍛錬にも、つねに毅然《きぜん》として揺るがぬ自信を見せ、言葉少ないその一言一言は、深い含蓄《がんちく》があって九郎兵衛を感嘆させた。

その孤高の存在である又兵衛が、いま眉を曇らせ、初めて焦りの色を露にしていた。

九郎兵衛は、又兵衛に初めて淡い不信の念を抱いた。

九郎兵衛は、闇の中で、又兵衛の姿をもう一度見返した。

又兵衛は、旗指《はたさ》し物《もの》の下、松明《たいまつ》の灯に浮き立つように、隆々たる体軀を床几《しょうぎ》にまかせていた。

「どうした、浮かぬ顔だな、九郎兵衛」

又兵衛は先刻の微《かす》かな苛立ちの色をみごとに消し去って、いつもの鷹揚な微笑みを浮かべて九郎兵衛に語りかけた。

「思い悩むことがあれば言うてみるがいい」

「いえ……その……、真田様の到着があまり遅いもので……」

「この霧だ、しかたあるまい」

又兵衛はひと呼吸おいて、低く応えた。

「それよりも、どうだ合戦は。冬の陣よりはきつい戦《いく》さであろう」

「はい、武者震《むしゃぶる》いしております」

九郎兵衛は、精いっぱい気負って言った。

「怖いか――」

「いえ。そのような」

「よいのだ。怖いなら怖いと言え。この儂《わし》など、合戦のたびに、ガタガタと震えが止まらぬわ」

又兵衛は、言っておおらかに笑った。

「後藤様でも戦さが怖いのですか――？」

九郎兵衛は、不思議そうに又兵衛を見返した。

「当たり前だ。殺し合いが恐ろしくない者などおらん」

「その話をうかがい、安堵《あんど》いたしました」

九郎兵衛は、素直にため息をついた。

「だがな、九郎兵衛。儂はこの戦さ、死んでも本望の戦さだと思うているぞ。誉《ほま》れは我らにある」

「はい」

「儂は、誉れのない汚い戦さを幾度となくしてきた。あの二度に及ぶ朝鮮の役《えき》、黒田にいた頃の宇都宮《うつのみや》への謀略戦。そうそう、儂が黒田官兵衛《くろだかんべえ》殿に拾われた折の籠城《ろうじょう》戦、あれは凄《すさ》まじい戦さであったわ」

又兵衛は大きく吐息して、霧の深い夜空を仰いだ。

「太閤殿下がまだ羽柴秀吉《はしばひでよし》と名乗っておられた頃の、三木《みき》城の籠城戦でございますか」

「そうだ。壁土を食らい、敵の死骸まで食らったものよ」

九郎兵衛は、顔を歪《ゆが》めて又兵衛を見つめた。

「汚い戦さとはそういうものを言うのだ。だが、この戦さは武士の一分《いちぶん》を貫《つらぬ》ける戦さ。命の懸けがいがあろうというもの。それにしても、この歳まで長らえてきたものよ。よくぞ、死なずに来たものだ」

又兵衛は、またカラカラと笑った。

「後藤様――」

「なんだ、九郎兵衛」

「今生《こんじょう》の名残《なごり》に、後藤様のこと今少し知りとうございます」

「今生だと、縁起でもないことを申すな」

「いえ。人の生涯には限りがあります。この九郎兵衛は、まだ二十一。もしこのまま何も知らずに死ねば、あまりに世間を知らずにこの世を去ることになります」

「そうか、二十一か……」

又兵衛は大きく嘆息した。

「後藤様はわたしに比べ、さまざまに人生を歩んでこられました。その生涯のことなど、一つ二つ、思いつくままに語ってはいただけませぬか」

「儂の生涯など、知ってもどうなるものでもあるまい」

又兵衛は口中の苦《にが》みを嚙みしめるように顔を歪めた。

「いえ、殿の生き様《ざま》は、我ら豊臣家家中の羨望《せんぼう》の的《まと》でございました。ぜひ、後藤様の波乱の生涯を我らにもお分かち与えていただきとうございます」

九郎兵衛はなおも食い下がった。又兵衛には、この若者の熱気が妙に新鮮であった。

「よかろう。おぬしとは槍の稽古で汗も流した。湯では背中も流してもろうたな。真田様を待つ間の退屈しのぎに、この又兵衛の昔語りをおぬしに聞いてもらうのも悪くはあるまい」

又兵衛はあらためて九郎兵衛に顔を向けて微笑むと、甲《かぶと》の紐《ひも》をゆっくりと解き始めた。

2

後藤又兵衛基次《もとつぐ》が播磨《はりま》の国に産声《うぶごえ》を上げたのは、永禄《えいろく》三年（一五六〇）のことであった。時代は戦国乱世から天下統一に向けて、ゆっくりと昇りつめようとする頃であった。

後藤家は、代々土地の豪族別所《べっしょ》氏の家臣であったが、その主家が、天正《てんしょう》八年（一五八〇）、織田信長《おだのぶなが》の家臣羽柴秀吉によって攻めたてられ、世にいう「三木の干殺《ひ》し攻め」を受けて、滅び去ることとなった。

この時、別所長治《ながはる》は城兵の助命を条件に割腹、又兵衛の父新左衛門《しんざえもん》もその後を追って自害した。

二年に及ぶ三木城の包囲網はようやく解かれ、籠城中であった二十歳《はたち》の又兵衛は、生き地獄と化した城中に独《ひと》りとり残された。

犬、猫はおろか、紙、漆喰《しっくい》までも食い尽くし、生きるしかばねとなった籠城兵の中にあって、又兵衛はまだまだしたたかな命の炎を燃やし続けていた。

この又兵衛に目をとめたのが、羽柴秀吉配下の知将黒田官兵衛孝高《よしたか》であった。官兵衛この時、三十四歳の春であった。

官兵衛は、又兵衛の想像を絶する生命力に素直に驚嘆した。

二年ほど前、使者として立った敵将荒木村重《あらきむらしげ》の裏切りによって捕らえられ、官兵衛もまた水牢の中で一年間、生死の境を彷徨《さまよ》い続けたことがある。

官兵衛は、又兵衛の中に二年前の己《おのれ》自身の姿を垣間《かいま》見たのであった。

官兵衛は、又兵衛に黒田家への仕官を勧めた。

だが、又兵衛がそれをおいそれと受け入れるはずもなかった。黒田官兵衛は、主と父を自決に追い込んだ敵将の軍師なのである。

又兵衛は、落城後、荒れ果てた城下の屋敷に幾度となく訪ねて来る官兵衛を、門前で長い槍を構えて拒《こば》み続けた。

三度まで拒み、官兵衛が四度目に訪ねた時、又兵衛はついに根負けして小刀を引き抜き、それを喉《のど》に押し当てた。

「ええい面倒だ。ならばこの場所で死んでくれるわ！」

官兵衛は、そう叫ぶ又兵衛の脇差しを柿の杖で叩き落とした。長い水牢生活で痛めた足を支えるための杖であった。

衰弱しきっていた又兵衛は、そのまま力尽き崩れ込むと、眼球だけがぎょろつく痩《や》せこけた顔で、きっと官兵衛を睨《にら》み返した。

「命は貴いものだ。死ぬのはいつでもできよう」

官兵衛は、慈《いつく》しみをたたえた眼差《まなざ》しで又兵衛を見下ろした。

「生き恥を曝《さら》して、なんで生き長らえよう。武士は、命より誉れをたっとぶものと知れ！」

「おまえはまだ若い。このまま死んで、何の誉れだ。生きてその名を天下に轟《とどろ》かせ、この人と賞賛されてこそ真の誉れではないのか！」

官兵衛は声を高めたが、又兵衛も負けずに叫んでいた。

「このうえ、生き残って何がある。主家は滅び、後藤の家も断絶となる」

「家はなくとも己はある。己を全《まっと》うすれば家も生まれる。おまえは、籠城中、何を思って生き続けたのだ」

「もとより、城を守り抜き、戦さに勝って羽柴秀吉の首を上げることだ」

「それでよい。ぎりぎりで生きんとする時、人は家など考えぬものだ。お前は、あれだけの凄まじい干殺し攻めに合い、まだ余力を残しておった。それほどの生命力があれば、おぬしはこの後、天下を奪うこともできよう」

官兵衛は、切々と声を落とし諭《さと》した。

だが、坊主のように説く官兵衛の説教口調に、又兵衛はなおさらむかむかと腹を立てた。

籠城中の言語に絶する凄絶な体験の数々が、いやがうえにも脳裏に甦《よみがえ》ってくる。

その体験は、東からの侵略者である官兵衛やその主羽柴秀吉がもたらしたものである。

「許せぬ！」

又兵衛は憤然と立ち上がり、叩き落とされた小刀を拾い上げると、白目を剝《む》いて官兵衛に迫った。どうせ死ぬのだ。このわけのわからぬ男を突き殺して、己も死のうと又兵衛は思った。

だが、静かに佇《たたず》む官兵衛を又兵衛は突けなかった。

又兵衛は、顔を紅潮させてなおも迫った。鼻が当たるほどに顔を近づけて、その額《ひたい》だけが高い小づくりの顔を覗き込んで、又兵衛は身をすくませた。

凝視すればするほど、気迫の籠《こも》った凄まじい顔であった。しかも、官兵衛の顔にはいたるところに黒々と痣《あざ》が浮かび、顔全体の造形が、蜂にでも刺されたように腫《は》れて歪んでいる。

「又兵衛よ」

今度は官兵衛が、又兵衛にぬっと顔を近づけてニヤリと笑った。

「じつは、儂もおぬしと同じであったのよ」

「同じ……⁉」

「生きながら地獄を彷徨《さまよ》うたのはこの儂とて同じなのだ。おぬしは、何を食って生きた。犬か、猫か、蛇か。儂は、水牢の中で、虫を食い、己の吐いたものを食うた。そうして生きながらえたからこそ、今の俺がある」

又兵衛は憮然《ぶぜん》としながらも、返す言葉を見出《みいだ》せなかった。

「又兵衛。おぬし、その命を誰にもらったと思う」

「もとより、父と母だ――！」

「そうではない。与えたのは天であろうよ。表に出てよう見ろ。あの山を、雲を、空を――」

官兵衛は、振り返って玄関から見渡せる晴れ渡った播磨《はりま》の山々を指先で指した。

「聞け、この爽《さわ》やかな風の音を。この世には、何ひとつ無駄なものはない。そうよ。天は無駄をせぬ。天がおぬしに天命を与えたからには、天は必ずおぬしに生きる意味を与えたもうたのだ」

「生きる意味……？」

「それは、儂とてまだわからん。人それぞれが一生をかけて探すものだ。人は、己の意志で命を終えてはならん。己の天分がわからぬうちはな」

「たいそうなことを言う。この又兵衛、これまで槍一筋に生きて来た。それゆえ、天分というても槍よりほかに取《と》り柄《え》とてない。いったい、ほかに何があるという」

「よいではないか。ならばその槍を活かせ。天下一の槍取りになれ。侍には、本来別所も織田も羽柴もなかろう。いずこの大名も、皆領地の野心に燃え、隙《すき》あらば隣国をかすめ盗ろうと狙《ねら》っているものなのだ。我らは、そうした畜生道の世に生きている。ならば、まず己の野心をこそ思い、その名を天下に轟かすことを一途に考えるのだ。おぬしの生きがいは、そこにしかあるまい」

「生きがいか……」

又兵衛はおうむ返しに、官兵衛の言葉を反芻《はんすう》した。

「どうだ、儂のところへ来ぬか。儂への怨《うら》みを抱いたまま、共に暮らせ。この儂を踏み台にして出世を計《はか》れ。儂が見込みのない男なら、いつでも去ればよい」

「踏み台にする……？」

「顔色が変わったな」

官兵衛はまたニヤリと笑った。

「お前は、そうしたことを考えたことはないか。これは、そっくりそのまま我が主、羽柴秀吉様がこの儂に申された言葉だ。ともあれ今日の儂の話をひと晩よく考えろ。また明日、返事を聞きに来る」

官兵衛は、そう言って又兵衛のもとを去っていった。

又兵衛がどう出るかは、官兵衛にもあらかた予想がついた。

又兵衛は官兵衛の言葉に二度顔色を変えた。三度目は翌朝見られるはずであった。

案の定、次の朝、官兵衛が又兵衛を訪れてみると、又兵衛はさっぱりとした顔で官兵衛を迎え、

「どうすればよい」

いきなり官兵衛の顔を睨みつけて訊いた。

「うむ。おぬしは儂の見込んだとおりの男だ」

官兵衛は、満足げに頷《うなず》いて、

「ならば、まず殿に引き合わせよう。気宇壮大で、知恵も恐ろしゅう回るお人だ。あのような主の下で働くようになって、儂は人生が面白うてならぬのだ」

誘いかけられると又兵衛は腕を組み、

「ううむ」

とうなりを上げて、

「よかろう」

腰が据わった大きな声で、官兵衛に応じるのであった。

3

羽柴秀吉は、この話を聞くと、その小づくりの体を大きく揺すって笑い転げた。敵の荒武者の器を見抜き、すぐに家臣にとり立てた官兵衛も天晴《あっぱ》れなら、又兵衛なる若武者も、それに輪をかけて豪胆である。

ことに、この若武者の割り切りのよさは、並みのものではない。けっして腕っぷしだけの荒武者ではない。よく知恵が回る。

知恵と豪胆さが兼ね備われば、後々秀《ひい》でた武将となることは明らかであった。秀吉は、又兵衛を拾い上げた官兵衛が羨《うらや》ましかった。

秀吉はさっそく、官兵衛に命じ、又兵衛とじきじきに対面すると伝えさせた。

翌日、開け渡された三木城での対面の席が調《ととの》うと、秀吉は側近くに又兵衛を近づけ、憮然たる表情で秀吉を睨みつける又兵衛を、上座から面白そうに見下ろした。

「おまえが、噂の剛腹者《ごうはらもの》か。なるほどよい面構えだの」

「おまえが、羽柴筑前《ちくぜん》か」

又兵衛も、負けずと言い返し、猿のようと評判の秀吉の顔をきっと睨み上げた。こうなれば、又兵衛は俎板《まないた》の鯉の心境である。

「これこれ」

官兵衛が慌てて又兵衛をたしなめた。

「よい、好きにさせよ」

秀吉は官兵衛を制し、

「父や主を殺されて、敵を恨まぬ者はない。こ奴、儂がさぞや憎いであろう。それが人間というものだ。だが、もはや官兵衛の家の者となった以上は、この儂は主筋だ。二度とは言わせぬぞ」

言って、今度は秀吉が細い目を又兵衛に据え、厳しく言い置いた。

「又兵衛、そちは、この戦さで天涯孤独の身となったそうな。だが、ついに人は皆、しょせん独《ひと》り。儂も父は義父であったし、幼い頃より家を飛び出して家にはいつかなかった。これから後、黒田の家臣となろうとも、最後に頼る者は己のみ。そう肚《はら》を括《くく》ってこそ、身も立つというものだ。官兵衛の子が生きのびておるとなれば、儂もその器、しかと見とどけるぞ」

又兵衛は、じっと穴のあくほど秀吉を見返した。内心不思議な男と驚嘆していた。官兵衛孝高が私淑し、生涯の主と仕えるだけの男と直視できた。だが、まだ分からないところがあった。又兵衛がこれまで出会ったことのない種類の人間なのであった。

「何だ、まだ憎いか」

「もはや、憎うはない」

又兵衛は野太い声で言い返した。

「戦国の世に生まれたからには、戦場での勝敗は時の運、怨んでみたところで、もはやどうなるものでもない」

「なかなか申すな。ならば、なぜ儂の顔をそのようにじっと見つめておる」

「その顔に、興味が湧いた」

又兵衛が、顔色ひとつ変えず上座の秀吉を見上げた。

「何だと！」

秀吉の顔がにわかに陰った。この年四十四になる秀吉は、己のその風采《ふうさい》の上がらぬ小づくりの顔に、密《ひそ》かな劣等感を抱いていた。猿面の、はげ鼠《ねずみ》のと、蔑《さげす》まれ、それを愛嬌《あいきょう》に、時に出世の糧《かて》にもして世を渡ってきた秀吉であったが、その風采の悪さに傷ついていないといえばやはり嘘なのであった。

「これ、又兵衛。無礼ではないか」

官兵衛が、秀吉に気づかい声を荒げた。

「よい、官兵衛。それより、お前は儂の顔のどこに興味を抱いた」

秀吉が鷹揚《おうよう》さをつくろい、身を乗り出して又兵衛を睨んだ。

「羽柴様のお顔は、この又兵衛、これまでに見たことのないものでござる」

言葉を選ぶでもなく、ふてぶてしいまでの率直さで又兵衛は応えた。

「ふむ。どう見た」

「爽やかにして、この世のしがらみをむしろ処世の方便として利し、飄々と生きておられる者の顔とお見受けいたした」

「ほほう」

秀吉は、顔を歪めて微《かす》かに微笑み、なおも身を乗り出した。

「もそっと言うてみよ。さらにたとえてみれば、どのようじゃ」

「たとえますなら……さよう、どこか沢面《さわおもて》を渡る風のよう……」

「う、うむ。沢面を渡る風か、それはよきことを申す」

秀吉は、又兵衛の意外な返答に満足そうに手を打った。

黒田官兵衛が、ふっと安堵《あんど》の吐息を漏らしたのは言うまでもない。

又兵衛の言葉は、思うがまま、飾るところのないものであった。又兵衛の見た秀吉の顔は、これまで又兵衛が目に触れたどんな武将の顔とも違っていた。飄々《ひょうひょう》として軽々しく、何も考えていないようでいて、頭の中はさまざまな知恵がくるくると回転していうのがよくわかる。

そんな軽妙さ、こだわりのなさに、又兵衛は衝撃を受け、またふと、このように生きられたらどのように気も楽であろうか、——と思いはじめたのであった。

「じつはな、又兵衛。儂は武士の出ではないのじゃ。百姓の出よ。家を飛び出して後は、商人に混じって諸国を渡り歩き、尾張《おわり》に戻ってから木曾《きそ》川中洲に棲む川並《かわなみ》衆という公界《くがい》の民とともに暮らし、渡し守もした。その頃の気風はいまだに抜けぬわ。官兵衛、おぬしの家も、かつては目薬売りとして行商をしていたそうだな」

「さようにございます」

官兵衛は慌てて返答をしながら、その素性が又兵衛に知られたことの気恥ずかしさと、秀吉が見ず知らずの若者に己の素性を包み隠さず明かすそのあまりのこだわりのなさに困惑するのであった。

「つまるところ、己をしっかりと保ち、独立不羈《ふき》の心で生きていくことこそ大切。又兵衛、そのことようく肝に銘じておけ」

秀吉は、言って又兵衛を睨み据えると、自らも納得して大きく頷《うなず》いた。

「独立不羈……でござるか」

又兵衛が物おじせず訊き返した。

「つまるところ、己のみを頼りに生きよ、ということなのじゃ。儂はな、諸国を流浪《るろう》する縁なき者として、幾度も蔑《さげす》まれた。だがな、そのようなこと、儂はけっして気には留めなかったぞ。むしろ、それを儂は誇りに思ったくらいじゃ。己の思いどおりに、自分の流儀で生きていける。これほど幸せな人生があろうか。儂は今、こうして織田信長公にお仕えしておるが、それでも己の魂まで館《やかた》に売り渡した覚えはない。儂は儂の野心を持ち、天下への夢を捨ててはいない。儂はいつも己の主であるし、何かをしでかしてやろうと今でも思うておる」

秀吉は、そこで、得意げに顎《あご》を撫《な》で、

「おぬしとて同じではないか」

ちらりと、官兵衛を見やった。

「そのとおりでございます」

官兵衛は、平伏《へいふく》したまま頭を上げなかった。秀吉が、近頃とみに官兵衛の才覚に子供じみた対抗心を燃やし、官兵衛ならどう考えると折にふれ尋ねてくることに困惑を感じていた。

どうやら、同じ資質の者ゆえの対抗心のようなものが秀吉の中に生まれているらしいのである。

「又兵衛、そちの得意の得物《えもの》は何だ」

頭を落としたままの官兵衛から目を移し、秀吉は又兵衛にまた訊いた。

「槍を好んで用いまする」

「槍か、それはよい。戦場では槍がいちばんに役に立つ。まずその腕を、天下に轟かすほどに磨きをかけるのだ。戦さ人なれば、武芸によって身は自《おの》ずと立つ。儂は、身内の者にも皆そう申しているのだ。加藤清正《かとうきよまさ》、福島正則《ふくしままさのり》ら、皆そうよ」

「ならば、殿にならい、この又兵衛にも、まず槍の手ほどきをいたしましょう。羽柴様のご家中に負けずに励めよ」

官兵衛は、ようやく頭を上げ、又兵衛を諭《さと》して、また慇懃《いんぎん》に頭を下げた。

「うむ、この又兵衛、官兵衛に任す。しかし、そちが育てきれぬ折には、この秀吉がもらい受けるぞ」

秀吉は、もの欲しそうにそう言って、官兵衛と又兵衛を交互に見据えるのであった。

4

はるか前方の笠掛《かさかけ》山から、黒田官兵衛の領地播磨国揖東《いっとう》郡まで、ゆったりとした稜線《りょうせん》が続き、山の向こうの海の光を映して空がまぶしい。

夏の目映《まばゆ》い日差しを受けて輝く緑の万波《ばんぱ》の中で、名も知れぬ野の花が、色とりどりに爽やかな風を受けてうねっていた。

そうした山の草花にまじって、屈強な赤松の林が大地に挑むかのように、しっかりと背筋を伸ばして屹立《きつりつ》している。

後藤又兵衛は、そうした光景を目を細めて見やりながら、先を駆ける黒田官兵衛の一子松寿丸《しょうじゅ》（後の長政《ながまさ》）の姿を追って、また軽くあぶみを蹴った。

又兵衛が、黒田官兵衛の元に引き取られて三年目になる。官兵衛に伴われて領国入りし、屋敷内に一室をあてがわれると、又兵衛は早速官兵衛の一族に引き合わされた。

目薬の行商から身を起こしたといわれるだけに、黒田家の結束は固い。代々播磨の豪族小寺《こでら》氏の家臣であったが、孝高の時に織田信長の傘下に属して中国征伐中の羽柴秀吉に協力、その後、結束してその元で忠勤に励んで今日に至っている。

播磨の領地一万石は、天正六年（一五七八）、荒木村重が信長に背《そむ》いた時、官兵衛が使者に立って捕らえられ、辛酸《しんさん》を嘗《な》めた挙げ句に救出された功によって与えられたものであるが、野心家の家系だけに、もちろんこれだけの俸禄《ほうろく》で満足しているわけではなかった。

千成瓢《せんなりびょうたん》簞をひっさげて出世街道を驀進《ばくしん》中の主《あるじ》羽柴秀吉に従い、あわよくば十万石、いや五十万石の大大名にでものし上がってやろう、との気概が家じゅうに満ちあふれていた。

「弟のように扱ってくれ」

と、官兵衛に紹介された松寿丸は、この時十二歳、又兵衛とは八つ歳が離れている。ことのほか勝ち気な少年で、当初は年上の又兵衛に何でもかんでも挑んで来たが、ようやく身内意識が生まれたか、このところ又兵衛にもなじみ、次第に兄のように慕うようになるや、父母に言えない悩みもあれこれと相談するまでになった。

父官兵衛が武門《ぶもん》の子にふさわしい躾けをと願い、厳しく育てたせいもあって、松寿丸は気概だけでなく、武芸にも秀で、槍刀の扱いのみならず、乗馬もまた得意としていた。

松寿丸は、暇さえあれば又兵衛に遠乗りをせがんだ。

だが又兵衛も、官兵衛に従い、あちこちの合戦場に出向いて忙しい。そこで松寿丸は、しびれを切らし、こっそりと独《ひと》り城を抜け出し、山野に馬を走らせることが多くなった。

困ったのは、留守を預かる家人たちである。

事実、官兵衛に叱責《しっせき》され、家臣たちの松寿丸の警備はにわかに厳しくなったが、松寿丸もしたたかであった。警備の目を盗んでは城を抜け出し、自分しか知らない場所へ遠乗りに出かけて行った。

そんなことが続いたため、ついに松寿丸は父官兵衛から馬を取り上げられてしまった。

そこに、久かたぶりに又兵衛が戦場から戻って来た。

松寿丸は喜々として又兵衛を遠乗りに誘った。それが、この日である。

松寿丸は道すがら、子供から大人へと変貌《へんぼう》を遂げる年頃《としごろ》の若者らしい質問を、又兵衛に遠慮なく浴びせかけた。

話題の中心は女であった。元服《げんぷく》を翌年に控え、早々と縁談話も持ち上がっていた松寿丸にとって、その前年に妻をめとった又兵衛は、格好の性教育の師なのである。

「教えてくれぬか。女とは、そんなによいものなのか、又兵衛？」

又兵衛は笑い飛ばしたが、松寿丸はなおも食い下がった。

「その……、あのほうは気持ちがよいのであろうの？」

「それはもう、この世のどんな旨《うま》い食い物よりも甘味——」

「ええい、早く味わいたいものだ」

　はがゆそうに松寿丸は舌打ちした。

「大人にならねば、女を抱けぬぞ、松寿丸。今はしっかり文武の鍛錬をしておくことだ。今からそのようなことばかり言うておると、先が思いやられる。いちど女の味を覚えてしまえば、文武などどうでもよくなるやもしれぬからの」

「武芸など、どうでもよいわ。どうだ、又兵衛。一度だけ、その……貸してはくれぬか」

　悪戯《いたずら》っぽい眼差《まなざ》しで、松寿丸が又兵衛の顔を窺《うかが》った。

「こ奴め、とんでもないことをぬかす。俺はまあよいが、女房殿が受けつけまい。他家の子供を抱いて寝たでは、生まれて来る子にすまぬではないか」

「言うたな、又兵衛。この松寿丸、もはや子供ではないわ」

　松寿丸は、憤然と言い捨てると、一鞭《ひとむち》くれて、草原の向こうの昼の太陽に向けて、勢いよく駆け出していった。

　又兵衛はふと、三木城落城の際の黒田官兵衛との出会いがなければ、今のこの平和な生活はあるまい。いやまかり間違えば、又兵衛は官兵衛と刺し違えて果てていたかもしれないのだ、と考えはじめていた。

それを思えば、又兵衛は黒田家の人々をしっかりと見守ってやらねばならない。

そう思い、又兵衛がふたたび現実に戻った時、松寿丸の姿はとうにどこかに消え去り、後方から遅れてきた松寿丸の供の者が四騎追いついてくる。

「先に参る」

後方の従者に声を掛け、又兵衛は馬に鞭を入れた。

思えば、又兵衛を得たことで、今日の遠乗りは思いがけずも館《やかた》からは大きく離れてしまっている。

この辺りはまだ黒田領であるが、いまだにかつての領主、別所長治に心を寄せる者も多く、武器を備えた半農の土豪の中には、秘かに結託して黒田の統治に反抗する姿勢さえ見せていた。

そのことに思い至ると、さすがに又兵衛も松寿丸のことが気がかりになった。

なだらかな高原地帯を抜けて、里に下り、藁葺《わらぶき》屋根の農家の点在する小村に差しかかると、その村外れで、興奮した馬のいななきが又兵衛の耳を劈《つんざ》いた。

幼い頃から馬と共に暮らしてきた又兵衛は、馬のいななきひとつで、それが誰の馬であるかすぐにわかる。

いまのいななきが、松寿丸の持ち馬疾風号《しっぷう》であることは明らかであった。

急ぎその方角に馬を駆ると、案の定、松寿丸を同じ年頃の村の若者がぐるりと取り囲んでいる。その数七人。手に手に農具を身構えていた。

これに対し、松寿丸は抜刀して威嚇《いかく》している。

さすがに馬に跨《また》がり、刀を振りかざす松寿丸に対して、若者たちも容易には近づけず、遠巻きにするばかりである。

といって、松寿丸も前後を塞がれては、進むことも退くこともできない。

松寿丸は、自分が黒田官兵衛の子であることを声高に名乗ったが、黒田の名がこの地で通用するはずはなかった。村の若者は、黒田の子だからこそ松寿丸に狼藉《ろうぜき》をはたらいているのである。

「待て、待て！　たった独りの若僧に、よってたかって襲いかかるとはなんとも卑劣。この村には、そのような卑しき者しかおらぬのか」

又兵衛が馬を駆って進み出ると、

「播磨の者は、裏切り者を好かぬ。黒田は別所の家臣だったはず。羽柴ごときに尻尾を振って、成り上がろうとはさもしい性根。我らが懲《こ》らしめてやるのだ」

土豪の子らしいたくましそうな若者が、馬上の又兵衛に向かって吠《ほ》え立てた。

「黒田が嫌ならなぜ正々堂々と戦わぬ。それに、この松寿丸はまだ元服前ではないか。黒田が憎くば、この後藤又兵衛が相手をしよう。束になってかかってこい！」

馬を飛び降り、若者から角材をむしり取ると、又兵衛はそれを赤樫よろしく頭上でぶんと一振りした。

「こしゃくな奴め！」

背の高い歳嵩《としかさ》の若者が、まず鍬《くわ》を振りかぶり、打ちかかって来る。その足を角材で払うと、若者はぶざまに転倒して尻餅をついた。

「ええい、束になってかかれ！　一どきにかかれば、造作はない！」

別の一人が叫ぶと、残った五人がへっぴり腰で得物を振りかざし、又兵衛に向かって襲いかかった。

だが、又兵衛と土地の悪童たちとでは、しょせん勝負にならなかった。

前に踏み込んで攻撃をかわした又兵衛は、若者たちの得物を弾《はじ》き上げ、叩き落とし、その脚を狙って突きすえる。若者たちは、悲鳴を上げてその場にへたりこんだ。

「ええい、又兵衛め。余計な手出しを！」

松寿丸が珍しく血相を変えて怒り出したが、又兵衛はにやりと笑い、

「よいか、松寿丸。大将というものは、雑兵《ぞうひょう》と争い、身を危険に曝《さら》すものではない。

それでは家臣は従《つい》ては来ぬぞ」

たしなめると、

「そんなものか、又兵衛」

松寿丸は、すぐに素直になって、上目づかいに又兵衛の顔を窺った。

「もう一つ。真の勇者は、無闇に刀を振りかざし、敵を威嚇するものではない。それでは和平が成り立つ場合でさえ、戦さになってしまおう」

「ようわかった、又兵衛。悔しいが言うとおりだ。これからも親身な助言を頼むぞ」

松寿丸は又兵衛をまことの兄と思うている」

又兵衛は、大人びた口調で言う松寿丸の言葉がおかしくもあり、また又兵衛にとっても松寿丸が本当の弟にも思えて、胸に熱いものがこみ上げてきた。

「急ぐとするか」

松寿丸を促し、村を離れてもと来た道を戻っていくと、山路を渡る晩春の風が、二人の小鬢《びん》を快くなぶるのであった。

5

織田信長亡き後、天下を掌握《しょうあく》した豊臣秀吉は、天正十五年（一五八七）、二十五万の大軍を擁《よう》して九州に攻め入った。自国の領地を侵犯する島津《しまづ》氏に音《ね》を上げ、しきりに助けを求めてくる豊後《ぶんご》の太守大友宗麟《おおともそうりん》に応えるためである。

後藤又兵衛、二十七歳の秋のことである。

九州全域に拡大した島津の勢力を撃破すべく、秀吉勢はその巨大な兵力を二つに分けて並進させ、雪崩《なだれ》を打って九州全土に侵入した。

一隊は筑前《ちくぜん》、筑後《ちくご》を経て、肥前《ひぜん》に攻め入った秀吉軍十七万。もう一隊は、豊前《ぶぜん》から豊後、日向《ひゅうが》と攻め入った、秀吉の弟豊臣秀長《ひでなが》率いる八万である。

黒田官兵衛孝高の二千は、この時、秀長軍に従っており、総大将の秀長と共に、島津領にある日向の国の高城《たかじょう》を包囲していた。

この城は、標高六十メートルほどの丘陵にあり、七つの丘を切り開いた平坦地に本丸方を擁《よう》して、堅牢《けんろう》を誇る山城《やまじろ》となっていた。

かつて島津軍と大友軍がこの地で激突し、島津軍が大勝したことが、大友家崩壊の引き金となっている。島津家としては縁起のよい城であった。

この城に、島津軍きっての勇将山田有信《やまだありのぶ》が籠《こも》り、豊臣の大軍を引きつけ、死守の覚悟を固めていた。

これに対し、秀長は五十一もの砦《とりで》を築き、柵《さく》を設けて兵糧《ひょうろう》攻めにした。

前例のない八万もの大軍のひしめき合いに、高城周辺は、昼は旗指し物が秋の野の薄《すすき》のように揺れ、夜は篝火《かがりび》が燃え上がって、籠城兵は皆、震え上がったという。

秀長はさらに、島津軍の援兵に備えて、南の根白坂《ねじろ》に砦を築き、軍勢を配した。黒田勢は、この中にあった。

両軍はしばらくの間、正面突破を避け、互いに睨み合いを続けた。

時折、城内の小競《こぜ》り合いが見られたが、その都度、黒田勢にあった二人の若侍が、勇を競って遊撃軍を追い払い、滞《とどこお》りがちな味方の士気《しき》を高めた。

一人は成長した後藤又兵衛、もう一人は黒田家の嗣子黒田吉兵衛《きちべえ》長政であった。

二人は、兄弟のように二騎並んで勇を競い合い、味方の喝采《かっさい》を浴びた。

又兵衛が単騎で敵撃兵《てきげきへい》を追撃し、自慢の槍で九人までも突き殺し、叩きのめして戻ってくると、長政も負けじと敵味方を分ける川を渡り、敵城近くまで迫って籠城兵を誘い出し、河川《かせん》で争い、組み討ちまでして、三人までも討ち取るのだった。

二人は勇を競い合いながらも、危《あや》ういとなれば互いに助け合った。

二人の活躍を聞きつけた豊臣秀長から、直々《じきじき》に労《ねぎら》いの言葉を賜《たまわ》ったことは、後々まで黒田家の誉れとして語り継がれた。

二人の活躍が刺激となって、膠着《こうちゃく》状態にあった戦局にもようやく変化が生じた。

長い包囲戦に辟易《へきえき》した若い兵士が、又兵衛と長政にならい、功を急ぎ始めたのである。

戦いが、小競り合いから、敵将島津義弘《よしひろ》の二万を迎えた総勢五万の白兵《はくへい》戦に変わると、前哨《ぜんしょう》戦の高まりをそのまま引き継いで、秀長軍は討って一丸となって島津勢に当たった。

血気盛んな又兵衛も長政も、味方の注目を意識して、いやがうえにも勢いづいた。

敵将島津義弘を見出した又兵衛が、赤柄の槍を振りかざして突っ込んでいくと、又兵衛を死なせてはならじと、黒田長政も又兵衛を追って敵本陣まで迫り寄った。

「吉兵衛は退《さ》がっておれ！」

「なんの、又兵衛に先は越させぬ」

二人は、義弘の近習をなぎ倒すと、いよいよ敵将近くまで迫った。

「退《ひ》け、又兵衛！　敵の大将首は、俺のものだ！」

遅れをとった長政が、又兵衛の背に向けて声を張り上げる。

この時、島津義弘は丸に十の字の鳩尾《きゅうび》の板《いた》を付け、大鎧《おおよろい》、小星兜《ほしかぶと》を具して、自ら長刀《なぎなた》を取り乱戦を切り拓《ひら》いていたが、又兵衛と長政を見つけると、轡《くつわ》を返し、

「なんの小癪《こしゃく》な黒田の青二才ども！」

単騎、又兵衛と長政に斬りかかった。

大将の暴挙に気づいた島津勢が、慌てて義弘の前方を塞《ふさ》ぐ。

又兵衛と長政は虚を衝《つ》かれ、気がつくと、ぶ厚い包囲網の只中で孤立してしまっていた。敵の狙いは、又兵衛ではなく長政にあった。十名ばかりの義弘の馬廻り衆が、長政の首を上げんと、勢い込んで斬りかかった。

「いかん、吉兵衛ッ！」

真っ青になって、又兵衛は離れ離れになった長政に追いすがった。

長政を囲んだ敵勢を、自慢の大槍で手当たり次第に突き、槍の穂先で叩きのめすと、手ごわいと見た敵勢が又兵衛を取り囲んだ。

「ええい、又兵衛を死なせてなるものか！」

今度は長政が、又兵衛を守って奮戦する。

長政もまた、得意の長刀《なぎなた》で暴れ回った。

長政の剣法も、甲冑《かっちゅう》から覗いた喉や小手などの急所を突く実戦本意の介者《かいしゃ》剣法だが、天賦《てんぷ》の才があるのか、長政の斜め前にみるみる屍《しかばね》の山が築かれた。

「我らが力を合わせれば、こんなものだ」

長政が満足そうに言えば、又兵衛も微笑み返す。

これを見た島津義弘は、味方の不甲斐《ふがい》なさに激怒し、二人に向かってふたたび金の采配を振るった。

「ええい、斬れ、斬れい、戦さに情けはいらん。黒田の青二才などに遅れを取る薩摩《さつま》隼人《はやと》ではあるまい！」

島津義弘の号令に呼応して、ふたたび新手《あらて》の敵勢が雪崩《なだれ》を打って又兵衛と長政に殺到した。

二人は、次から次に斬りかかる敵兵に、ただひたすら槍と刀とを振るい続けた。

長政は刃が零《こぼ》れ落ちると、敵兵の刀を拾い上げて、また戦い続けた。

又兵衛もまた、甲冑が返り血で真っ赤に染まるまで槍を振るった。

遠くから、ようやく新たな勢力が蹄《ひづめ》を蹴立てて迫り寄るのが見えた。しかし、二人はそれが味方のものやら、敵のものやらほとんど区別がつかなかった。

「殿――ッ！」

聞き覚えのある声であった。黒田家の老臣母里但馬《もりたじま》である。若い世継ぎを案ずる、必死の叫びであった。

味方数十騎が、但馬のあとに従っている。

島津義弘はいまいましげに、馬に鞭《むち》を入れて退却を命じた。

勢いに乗じた黒田勢は、島津勢に追いすがり、凄まじい白兵戦がふたたび展開された。

霧の中、敵味方の区別もつかないほどの悽愴《せいそう》な戦いは、数刻に及んだ。

この合戦で深手を負い気を失った又兵衛が、まだ生き続けていたのは、僥倖《ぎょうこう》以外の何ものでもなかった。

6

この高城をめぐる戦いによって、後藤又兵衛基次は、一躍黒田家一の剛《ごう》の者として、その名を天下に轟かすことになった。

又兵衛は、官兵衛に呼ばれ感状を賜《たまわ》るとともに、練武場での師範代を命ぜられ、また長政を今後もよく補佐するよう求められた。

又兵衛は、官兵衛の厚遇を素直に喜んだが、長政は、父の又兵衛びいきが不満であった。

「儂は又兵衛に助けられずともやっていけまする。あの高城の乱戦においても、この長政、敵将島津義弘の首にあと一歩と迫っておりました」

「だが、又兵衛の加勢がなかったなら、その命落としておったかもしれぬ。無謀は謹《つつし》まねばならんぞ」

官兵衛は、長政を強くたしなめた。

長政は、なおも昂然《こうぜん》と父に反発した。

「なんの、あの折、たしかにこの長政、敵兵十数名に囲まれてはおりましたが、手傷ひとつ負っておりませなんだ。又兵衛めがいらぬ手出しをしたばかりに」

これには、又兵衛のほうも怒り出した。

「なんと言う、吉兵衛。おぬしには、この又兵衛のほかに一兵の味方もなく、敵兵は雲霞《うんか》のごとく押し寄せていた。義父上《ちちうえ》の言うとおり、将たる者、命を軽んずるものではない」

「なんと言うた、又兵衛！」

吉兵衛長政は、顔を赤らめ立ち上がった。

「儂はおまえの弟などではない。主筋なるぞ！」

又兵衛は、動じなかった。たしかに長政は血を分けた兄弟ではない。だが、官兵衛は又兵衛を長政と分け隔てなく育て、区別することなどなかった。

それゆえ、又兵衛の中には長政への兄同然の情がある。

「そのようなことを言ってくれるな、吉兵衛。おまえと俺は兄弟も同然、主従の前に義兄弟だったのではないか」

又兵衛が諭《さと》すと、長政は、顔を赤らめたまま、父と又兵衛を交互に見返し、憤然とその場を立ち去っていった。

第二章　出奔

1

夏の虫が、すぐ近くの闇で苛立《いらだ》たしげに鳴いていた。

東西両軍の激突が予想される大和国分《やまとこくぶ》に向かう、奈良街道の一本道である。又兵衛の若き日の話に固唾を呑んで耳を傾けていた九郎兵衛は、虫の音にふと現実に引き戻されると、厳しい眼差しを闇に巡らせた。

闇の奥から、蹄《ひづめ》の音がしだいに近づいてくる。その騎馬武者の背の黒幌《ほろ》の揺らめきから、又兵衛が放った物見の者であることが、九郎兵衛にもわかった。

物見の者は隊列の松明の灯りを頼りに又兵衛の元まで戻ってくると、急ぎ一礼して報告をはじめた。

「待ってはおれん！」

報告を受け、又兵衛は一瞬顔を曇らせた。

その時、隊列の前方で兵の叫びが轟《とどろ》いた。

「何ごとだ！」

又兵衛が問い掛けると、

「敵の灯が見えまする――ッ！」

伝令の声が、こだまのように繰り返されて、又兵衛の元まで届いた。

「明かりを消せ！」

又兵衛の命《めい》に、松明《たいまつ》が一斉に落とされ、辺りは一瞬のうちに闇に落ちた。

九郎兵衛は戦いの予感に身をすくませ、固唾《かたず》を呑んで闇を窺《うかが》った。

遠く、霧の中で泳ぐように数百の敵の明かりが、一列に隊列を組んで蠢《うごめ》いているのが見えた。

「九郎兵衛は、まだおるか」

闇の中で、突然又兵衛の声が轟いた。

「ここにおりまする」

九郎兵衛が、声の方向に向かって応えた。

「どこまで話したかな」

又兵衛の声が、兵士たちの緊張をよそに、嘘のように飄然《ひょうぜん》としていることに九郎兵衛は驚いた。

「話はどこまでいったか、と申したのだ」

又兵衛が、また九郎兵衛を促した。

「は、はい。後藤様が、黒田官兵衛殿の下で九州に攻め入ったところまでございます」

「おお、そうであったな。声が遠い。もそっと近う寄れ」

「はい――」

九郎兵衛は、命じられるまま、又兵衛の息づかいの届くところまでにじり寄った。

「それでよい。おぬしと話をしていると、心が落ち着く。何でも訊いてくれ」

「はい、ならば」

九郎兵衛もようやく平静さを取りもどして、真っ直ぐに又兵衛を見返した。

「どうした、遠慮はいらぬぞ」

「いえ、その……後藤様とあの名高き歌舞伎役者出雲《いずもの》阿国《おくに》とのこと、ぜひとも知りとうございます」

「なに、阿国のこと、九郎兵衛には何を隠すこともできぬな」

又兵衛は苦笑いして後ろ首を撫でた。

「儂のことを、儂以上によう知っておるわ」

「はい」

九郎兵衛は、悪びれずに応じた。

「あれは、黒田家が太閤殿下より筑前福岡の領地をいただいたあとのことであった。儂は阿国のことをなにも知らなかった。あのような女人がこの世にあるとは夢にも想うたことはなかった。阿国と会うことがなければ、儂もあのようなことなどいたさぬはずであった」

「あのような……」

「長政殿とのことも、その後の数奇な旅のことも、この戦さのことも……」

「さようでございますか」

九郎兵衛は、首を傾げて黙り込んだ。

「あの女人は、儂に新しい生き方を教えてくれた。あのような人との出会いは、これまで義父上《ちちうえ》殿のほかにはなかったことだ」

「それほどまでに」

「そうだ。どうした、女人は恐いか」

「いえ、羨《うらや》ましいのでございます。この九郎兵衛も、一度でもよい、そのような女人と浮世《うきよ》をすべて忘れるような恋をしてみとうございます」

「ならば、今からでも遅くはあるまい。この戦さに勝って、大坂一の女人をものにいたせ」

「はい、必ずや」

九郎兵衛は闇の奥で又兵衛に向かって力づよく応じた。

又兵衛は、過ぎ去りし日々を回想すると、またゆっくりとその若かった日々の出来事を語り始めた。

2

天正十五年（一五八七）、豊臣秀吉に九州での功績を認められた黒田官兵衛孝高は、豊前中津《ぶぜんなかつ》に封じられ、十二万石を賜《たまわ》った。

だが、九州は土豪勢力が強く、官兵衛はこの後、その抵抗に長く悩まされることになった。

中でも、京都《みやこ》郡城井谷の豪族宇都宮鎮房《うつのみやしげふさ》は頑強な抵抗を見せた。

天正十七年、官兵衛が隠居すると、二十一歳となった長政は、身体の悪い父に代わって血気盛んにこれを攻めたてたが、難攻不落の山城は容易に落ちなかった。

それどころか、攻めるたびに、長政は散々に打ち負かされて逃げ帰るばかりである。

「なんたる戦さ下手じゃ！」

官兵衛は、長政を呼んで激しく叱咤《しった》した。

面白くない長政は、家臣ともども髪のもとどりを払って引き籠《こも》り、謹慎の意を表わした。

だがこの時、同じく宇都宮攻めに加わっていた又兵衛だけは、独り髪を落とさず、そのまま城に出仕し続けた。

重臣たちが又兵衛を呼んで、

「おぬしも髪を落として、謹慎せよ」

と諭《さと》すと、又兵衛はからからと笑い、

「勝つも負けるも、戦さの習い。負けたなら負けたで、次に勝つように工夫を凝《こ》らしたらよい。一度や二度負けたからといって、意気消沈するなど、武士が取るべき態度ではありますまい」

そう豪語して、取り合わなかった。

これを聞いた官兵衛は、又兵衛の考え方に感服し、長政らを呼んで謹慎を許したという。

官兵衛が感心したのは無理もなかった。これは落城した三木城に近い又兵衛の実家で、官兵衛が又兵衛に説いて聞かせた教えであったことに気づいたのである。官兵衛は又兵衛にいっぱい食わされた思いであった。

面白くないのは、長政であった。又兵衛が公然と、主筋の長政を非難したと受け取った。

長政は、ますます又兵衛に反発を募《つの》らせていった。

しかも、この一件には、後味の悪い後日談があった。

宇都宮鎮房に深い怨みを抱いた長政は、古武士そのもののような土豪宇都宮鎮房を、和睦《わぼく》したと見せかけて城に呼び寄せ、惨殺してしまったのである。

これには、官兵衛の入れ知恵もあったらしいが、いずれにしても長政のやり口は又兵衛にとって許しがたいものであった。

島津勢を相手に戦った時は互いに助け合った二人であったが、長政と又兵衛双方の側から、反発と軽蔑の感情がじわじわと醸成されていった。

又兵衛の長政への反発心をさらに育《はぐく》んだのは、日本中が東西に分かれて戦った関《せき》ヶ原《はら》の合戦であった。

この時、官兵衛がとった行動は実にしたたかであった。この合戦が徳川方に有利と読んだ官兵衛は、長政を率先して東軍（徳川方）に加わらせるとともに、自らは浪人兵を率《ひき》いて周辺の西方《さいほう》大名の領地を荒らし回ったのである。

名目上は東軍を味方するため、西軍に荷担する諸大名に戦さを仕掛けていったものといえたが、そこには官兵衛ならではの巧妙な計算があった。

東西の対決はまず半年は続く、と読んだ官兵衛が、その間に九州を平定《へいてい》し、さらに京に上って天下さえ窺おうとしたのである。

実際には、関ヶ原の合戦は一日で終わってしまい、官兵衛のしたたかな計算は狂ってしまったが、それでも黒田の家としてはこの好機を利して大いに出世した。

黒田長政はさかんに家康に取り入り、率先して先陣を賜って、数々の功名を上げたのである。

又兵衛は、当然のことながら長政の陣にあった。

又兵衛は、黒田家の取った変節きわまりない行為を、「戦国のならい」として認めざるをえなかった。又兵衛にも、そうしたしたたかさがあったからこそ、官兵衛孝高の説得を聞き、黒田家に再仕官したのである。

だが、それにしても、家康にすり寄る長政の姿は見苦しかった。戦場で正々堂々と太刀《たち》向かうだけならともかく、長政は合戦の前からさかんに家康のための謀略活動を繰り返していたのである。

又兵衛が心底腹を立てたのは、その許しがたい裏切りによって、結局のところ東軍に勝利をもたらすことになった小早川秀秋《こばやかわひであき》に、しきりに東軍への寝返りを勧めていたのが長政だったことである。

いわば、長政の謀略があったから、徳川は天下を収めるに至ったと言ってよかった。

又兵衛は、終始憮然《ぶぜん》たる思いで合戦に加わった。

二十年の歳月、ともに天下平定の戦さを戦った豊臣とその手勢に、又兵衛は刃を向けたのである。辛《つら》くないはずもなかった。ほとんど捨て鉢《ばち》の覚悟で豊臣と戦った。

ところが、そうした命さえ惜しまぬ自暴自棄な戦さぶりのために、皮肉にも又兵衛は、これまでに優《まさ》る高い功名を上げることとなった。

連日の雨で水かさが増した尾張国合渡《ごうと》川を挟んで対峙《たいじ》した両軍は、いずれも仕掛けられぬまま睨み合っていたが、この時又兵衛は、密《ひそ》かに川を渡り、一気に油断する西軍陣内に攻め込み、敵の精鋭部隊を散々に蹴散らしたのであった。

この出来事が、又兵衛の武名をさらに高め、「槍の又兵衛」としてその名が日本中へ知れわたるようになったことは、又兵衛にとってことのほか辛《つら》いことであった。

又兵衛は、苦々しさを噛みしめ黙々と国元に戻っていった。

3

慶長五年（一六〇〇）、長政が関ヶ原における功績により、家康から筑前《ちくぜん》五十二万石を与えられると、又兵衛もまた嘉麻《かま》郡大隈の城と一万六千石を与えられて一城の主となった。

だが、城の城主としての後藤又兵衛の束《つか》の間の安息も、長くは続かなかった。

又兵衛にとって不幸なことは、関ヶ原の活躍において、あまりにその名が高まりすぎてしまったことであった。

又兵衛の活躍を目《ま》の当たりにして国元に戻った大名が、続々と又兵衛の元に、書簡を送り誼を通じてきたのである。

これが、長政には我慢がならなかった。城持ちとはいえ、又兵衛は長政の臣下に過ぎない。

その家臣が、主をさておき、他国の大名と直接、対等に交際を続けるなど、もってのほかである。これは、主を辱《はずかし》める行為であると同時に、考え方によっては、密通と受け取られてもいたしかたない行為と長政は判断した。

長政はそう考えたのであった。

しかし、

——これは私事。長政殿の与《あずか》り知らぬこと

あくまでそう言って、又兵衛は長政の非難を取り合わなかった。

又兵衛と長政の対立は、この頃になるとようやく城内でも噂にのぼりはじめた。

だが、幼い頃から二人を知る家臣は、まだこれを深刻には受け止めなかった。

また兄弟喧嘩が始まった、といった程度にしか受け止めなかったのである。

それに、下手に間に入って、とばっちりを食うのは損、との腹もあった。それになにより、まだ黒田官兵衛孝高がいる。

官兵衛はたとえ家督を長政に譲ったとはいえ、黒田家にあって、いまだに基《もとい》として絶大な力を持ち続けていた。

官兵衛はいつも両者に公平で、むしろ長政を出来の悪い息子と考えているふしがあった。そうした官兵衛の目があるだけに、長政と同調して又兵衛に後ろ指をさすわけにはいかない。

だがその官兵衛が、関ヶ原の合戦から四年後の慶長九年（一六〇四）、ついに伏見《ふしみ》の地で死の床に就《つ》くこととなった。

官兵衛は、見舞った又兵衛を枕元に呼び寄せると、関ヶ原以来、すっかり気弱に

なったその顔を向けて、

「すまんな」

と、ひと言、言った。

「なんですか、義父上《ちちうえ》」

又兵衛が問い返すと、

「ほかでもない。長政のことよ。きゃつは、お前に劣っていると思い込み、近頃はとみに激しく対抗心を燃やしているようだ」

又兵衛は、官兵衛を見返して押し黙った。

「儂はな、長政には大将たれと教えてきた。それをきゃつは、分をわきまえずに、戦さとなれば常に自ら先陣を切り、おまえと手柄競争をしておる。己の立場もわきまえぬ哀れな男よ」

力ない声でそこまで言って、荒く息を継いだ。

「あれに家を継がすのがまだまだ早すぎた。五十二万石の重みに堪《た》えかね、あの愚か者め、喘《あえ》いでいるのだ。そうは思わぬか、又兵衛」

「そのように、思いまする」

官兵衛は、弱々しく肘《ひじ》を立て、布団の上に起き上がった。

「うむ。長政は、あれでけっしてひ弱な男ではない。ただ、負けん気が強いのだ。それにな、まだどこか幼い。どこか頼りないのだ。もういい歳になっているのにな」

　又兵衛は黙って頷いた。

「困ったものよ。儂が死んだ後、あ奴め、必ず、お前に辛く当たろう。だが、こらえてくれよ。あ奴にはお前が必要だ。おまえがいなければ、思慮ある判断は何もできん」

「そのようなことは……」

　又兵衛は首を振った。それを微笑みを浮かべて官兵衛が見つめた。

「儂はな、又兵衛。お前を見ておると、若い日の自分を見ているような気になる。儂もまた、太閤殿下に厳しい目を向けられ、どのように身を処してよいのか困り果てたことがあった。太閤殿下は儂の機略縦横《じゅうおう》なるところをことのほか恐れておられてな。それがために、儂には相当の領地をけっしてくださらなかった。儂はそれならと、己が道を歩んだ。己に忠実に、己の主として生きることを考えたのだ。そのために、殿下にも咎《とが》められたが、キリシタンを貫き通した。我が信仰によれば、人の魂は神ものという。何で人の支配を受けることがあろう。愚かなことだ。お前がどこの誰と書簡を交わそうと、それはお前の私事、人の魂にかかわることなのだ。気にするな」

「はい」

「又兵衛、儂はこうして死の床に就いて、お前に無理難題を頼まねばならん。お前には、己の主として生きよ、と言ったが、それとは反対のことを頼まねばならんのだ。不肖のせがれのこと、後見をよろしく頼まねばならん。なんの、そなたの器量なら、この家を飛び出し、他国に仕官すれば、今以上の禄も手に入れられように。のう、又兵衛」

　官兵衛は、又兵衛の顔を探るように窺った。

「この又兵衛、そのようなこと」

「いやいや、そうされても文句は言えまいがな……。これは儂の形見だ。受けてはくれんか」

　官兵衛は、震える手を胸のクルスに伸ばし、それを外《はず》して又兵衛に手渡した。

「これは、南蛮人宣教師ヴァリニャーノ殿からいただいた大切なものだ。これは儂の魂よ。そう、己を失いかけた時、このクルスを見て、しっかりと己を取り戻すのだ。そしてけっして己を裏切らぬよう、己に言い聞かすがいい。人は、天国に召された時に、真価が問われるもの、一時の妥協は魂を売り渡すのと同じだぞ」

「これを義父上《ちちうえ》と思い、大切にいたします」

「うむ。それと長政のことだ。くれぐれもよしなにな」

「このクルスにかけて」

「うむ。うむ」

官兵衛は、又兵衛の手をしっかりと握りしめ、ハラハラと涙を落とした。かつて人質に出され、荒木村重のもとに投獄された折に歪んだ顔が、その苦悩の心中をさらに幾重《いくえ》にも辛く見せている。

「長政を許してくれ。長政はまことはそなたが好きなのだ。好きだからこそ憎い。だが、そちがおらねば、この黒田の家はきっと成り立たん。後生だ、又兵衛」

すがりついて泣く官兵衛に、又兵衛は、ただその手を握り返し、ただただ頷くばかりであった。

4

黒田官兵衛孝高は、ついに伏見の地で客死《かくし》した。

官兵衛の祈りが通じたのか、黒田長政と後藤又兵衛基次との対立は、その後しばらくは小康状態が続いた。

官兵衛の遺志を継ぎ、長政が自重《じちよう》したせいもあり、又兵衛が長く大隅にあるため、両者の接触の機会が減ったためもあった。

だが、又兵衛と長政の間を引き裂く芽がこの間にも持ち上がっていた。長政の近習たちである。

特に近習頭村瀬九郎左《むらせくろうざ》なる者は、長政の寵愛《ちょうあい》を得んがため、又兵衛の非をことさらに長政に煽《あお》り立てた。

これには経緯があった。九郎左は、槍の名手揃いの黒田家中にあって、随一と噂される腕前と讃《たた》えられていた。

九郎左は、ある機会に藩の練武場で又兵衛に出会い、即座に立ち合いを求めた。老職なみの又兵衛に、である。近習の若侍が試合を挑むのは不遜《ふそん》であったが、九郎左は長政の寵愛が篤《あつ》く、この機会に又兵衛を破ってさらにその名を高めようと、無理強《じ》いしたのであった。

又兵衛は、こだわりなく受けた。試合の結果は、九郎左にはあまりに哀れなほどの腕の差で又兵衛が圧勝した。

だがこれに怨みを抱いた九郎左は、これまで以上に陰に回って又兵衛を悪《あ》しざまに中傷し始めたのである。

又兵衛をよく知らぬ若侍を中心に、又兵衛を非難して長政の機嫌を取り結ぶ体《てい》の者たちが増えていった。

こんな折も折、又兵衛と長政の仲を裂く、ある決定的な出来事が生じた。

それは、ある女人を中に据えた、又兵衛と長政の意地の張り合いであった。

慶長十五年（一六一〇）の秋の宵《よい》、黒田家の居城福岡城において宴がもたれた。

いきなり大隈の城から長政に呼び出された又兵衛は、なんとも奇妙な話と訝《いぶか》った。

このところ、長政はなにくれとなく又兵衛に辛《つら》く当たり、藩内の政治向きのことはともかく、私的な集《つど》いに又兵衛を呼ぶことなどなかったのである。

後藤の家の中には、長政による又兵衛謀殺の危惧《きぐ》さえ口にする者があった。

又兵衛はといえば、不快な行動は数々あったが、もとより取り立てて長政と事を構える気などさらさらない。

まだまだ、

「かわいい弟よ」

と慈《いつく》しむ心が、又兵衛の中には残っているのである。

それにしても、である。風変わりな舞いを見せる芸人が京より来ていることは、風の便りに耳にはしていた。だが、その歌舞伎なるものを見せるために、なぜ長政がわざわざ又兵衛を大隈から呼びつけたのか、どうしても合点《がてん》がいかないのである。

しかし、その旅芸人を目《ま》の当たりにして、又兵衛はそうした疑念の数々をすっかり忘れ去って、舞台に釘《くぎ》づけになった。

たしかに奇妙な踊りであった。

主役を張る芸人は当然女人のはずだが、見るも艶《あで》やかな若衆《わかしゅ》姿なのである。色鮮《いろあざ》やかな小袖の上に、赤地に金襴の袖無し羽織、腰には黄金の鍔《つば》に白鮫鞘《さめざや》の刀、金張り鞘の大脇差、金蒔絵《まきえ》の印籠と大瓢箪を吊り下げて、胸には水晶の数珠《じゅず》に金のクルスを下げている。

その男装の麗人が、奇妙な色香を放つ舞いを巧《たく》みに舞う。

まるで赤児《あかご》のような柔らかな体を虚空に泳がせたかと思うと、こんどは手を振りながら、酔ったように千鳥《ちどり》足で歩き回り、よろけ、またしゃきっ、と立ち上がって、荒々しく手を叩き、足を踏み鳴らし、ぐるぐると旋回した。

その所作は、ある時は操り人形のように虚《うつ》ろに見え、またある時は、幼い少女のように初々《ういうい》しく、またある時は熟女のように妖艶であった。

やがて、阿国の動きが激しくなると、阿国は陶酔しきった表情で、あたかも虚空の神と交合するかのように、荒い息をたて、体を摺《す》りつけ、腰をくねらせ始めた。

それは、両性具有の化生《けしょう》の者のように見えて妖しい美しさを放ち、手の込んだ造りものの妖艶さのようでいて、この女人の中でしっかりと個性となって定着している。

しかも、一瞬も息を抜くことのできない激しい奔放な舞いである。

それだけではない。出し物はさらに進み、「かぶき踊り」という筋立ての凝った芝居をさえ演じ始めた。

それは、当世ふうの若い男女が織りなす恋のさやあての物語であった。だが、又兵衛の目を釘づけにしたのは、その演題そのものよりも、阿国の演技であり、阿国そのものであった。

奇妙な誇張と大袈裟な身ぶり、それに時折その紅の唇からこぼれる節回しのような台詞《せりふ》……。

そのひとつひとつが、又兵衛の脳裏に鮮烈な印象を残して刻み込まれていく。

やがて芝居が佳境を迎えるや、阿国は胸をはだけ、股間を割って白い太股をちらつかせながら喘《あえ》ぎ始めた。

その動きは、明らかに男女の営みを想わせたが、不思議に淫靡《いんび》さはなかった。

それは、男女の愛の営みが神聖なものであり、そこにうっとりとするような官能美があることを、誰の目にも教えるものであった。

かたずを飲んで見守る黒田武士の間から、期せずして驚嘆と賛美の声が上がった。

又兵衛はなおも食い入るように舞台を見続けた。

(なんとこだわりのない、自由奔放な舞台ではないか。着想は湧き出る泉のように尽きることなく、舞いも筋立ても伝統に拘束《こうそく》されず、思うように変容していく)

又兵衛は、女人の芸を絶賛した。そして、ふとその芸が、槍の世界に自分が追い求めている自由な動きと同じであることに気づいた。

又兵衛の槍は、形がない。流儀がない。いわば又兵衛流であり、戦場で敵と死闘を繰り広げるうちに、自然に身につけた実戦本意の槍捌《さば》きである。

だが、又兵衛はそれをむしろ誇りとしていた。

戦場での戦いは、一対一の果たし合いではない。どこから、どのような攻撃が繰り出されるかわからない。

だから、槍の流儀にこだわれば動きは拘束される。形を意識すれば、応用が容易ではない。

この女人の舞いにも、又兵衛流に通ずるものがある。

(不思議な女だ。この女人は、何を考え、何を信じてこれまで生きてきたのか)

又兵衛はますます、好奇心を募《つの》らせた。

舞台も終わり、長政の酒宴の席に招かれて、間近にその女芸人を見ることになって、又兵衛は歳甲斐《とし》もなく胸をときめかせた。

（麗《うるわ》しい。なんとも麗しい……！）

女はすでに三十歳を回っている。けっして若くはないはずだが、その若さは永遠につづくようにさえ思われた。

瞳は、よく澄んで少年のように初々しく、その挙動も発言も、風になびく花のようで、自由自在、何ら繕《つくろ》うところがない。

それでいて、周囲に反発を感じさせないのは、生来の童心ゆえだろうか。

事実、今、声をうわずらせ身を固くしているのは、女芸人ではなく長政のほうである。

女はといえば、きらきらと輝く双眸《そうぼう》で遠慮なく長政に盃をかたむけている。だが、又兵衛に気づくと、女は興味深そうに目を輝かした。

「又兵衛さま、こちらが又兵衛さまなのですね！」

又兵衛は、照れ笑いをして頭を下げた。

「そのような末席にいらっしゃらず、さあ、こちらへ」

女は立ち上がると、又兵衛の手を取り、酒席の中央に招き寄せた。

又兵衛をこの宴に呼んだのは、なんと阿国だった。世に名高い豪傑後藤又兵衛を、一目見たいとの戯《たわむ》れ心からである。阿国は、又兵衛の噂をすでに方々の大名から聞かされていた。

「天下の豪傑後藤又兵衛さま、さぞや怖い顔のそら恐ろしげな眼光のお方と思っておりましたが、なんともお優しく、清々《すがすが》しいお顔立ちではございませんか」

又兵衛は赤面して、思わず後ろ頸《くび》を撫でた。

「この豪傑、女人には目がない。あまり誉めちぎると、酒席ゆえ、大虎となって襲いかかられるかもしれんぞ」

黒田長政が、冗談めかして酒席を盛り上げた。

「それも結構にございます。天下の後藤又兵衛さまに食われてしまうならば、阿国も本望です」

女が戯《ざ》れ言《ごと》を言うと、酒席にどっと笑いが起こった。

又兵衛はこの時初めて、女芸人の名を知ることとなった。

(阿国か……)

又兵衛は、深くその名を胸中に刻み込んだ。

「いや、阿国殿、一言さし挟《はさ》ませていただくが、関ヶ原にいちばんの武者ぶりは、我が殿であった。後藤殿は、殿を支えていたまで」

村瀬九郎左が、長政の不快を察して口を挟んだ。

「さようでございましょうか。こちらの殿と、又兵衛さまは、兄弟同様の仲と聞き及んでおります。戦場では互いに助け、助けられ、ともに手を携《たずさ》えて敵を打ち破ってきた間柄とのこと。都ではお二人の仲、とみに評判でございます」

阿国が、村瀬九郎左に微かな反発を感じて、言葉を強めた。

「都で評判とは」

村瀬九郎左が憮然として声を荒げた。

「又兵衛殿の関ヶ原での活躍がなければ、黒田五十二万石はなかったとも」

阿国が、九郎左を嘲笑《あざわら》うように挑発した。

「なにッ！」

九郎左が、顔を赤らめ立ち上がった。

それを長政が制し、

「阿国殿は、それをどこで聞かれたか」

鷹揚《おうよう》さを装って、抑えた口調で訊いた。

「はい。結城秀康《ゆうきひでやす》さまからにございます」

結城秀康は若くして豊臣家に、次いで関東の旧家結城家に養子として出されたが、れっきとした徳川家康の実子である。その名に、長政もいささかたじろいだ。

「いや、拙者は、さしたる手柄は立てておりません。殿のご勇断があればこそ、敵を蹴散らし、味方を勝利に導いたのでござる」

又兵衛が困惑しきって、言葉を添えた。

「ほかに、都では又兵衛のどのような噂が――」

長政が、憮然たる思いをついに抑えきれずに顔を赤くし、又兵衛を顎でしゃくった。

「ほれ、先ほどの虎の話でございます。又兵衛さまは朝鮮の役《えき》において、虎を退治されたとか」

阿国が、面白そうに長政を挑発して、又兵衛をもう一度見つめた。

この話は、この当時つとに有名であった。黒田父子と又兵衛が、揃って渡海し、前線の全義館にあった時、虎が一匹、陣中に迷い込んできた。

菅和泉守政利《かんいずみのかみまさとし》が駆けつけ、これにひと太刀《たけ》食らわせたが、虎は弱る様子もなく、ますます猛り狂う。

政利危うしと思われた時、又兵衛が現われ、虎の額《ひたい》を一刀のもとに断ち割ったのであった。

「なんの。あれしきのこと」

又兵衛は、長政の不興を知り、早々に話に割って入った。だが、長政はこれに我慢できなかった。

「一方の旗頭ともあろう者が、獣《けもの》相手に得物を振るうとは、不心得千万よ」

吐き捨てるように言って、又兵衛を睨んだ。

これには、酒席がざわめいた。長政がたとえ酒のうえとはいえ、又兵衛の面前でここまで罵《ののし》ったことはなかったのである。

当代一の女人の前に、長政の見栄《みえ》と意地が、これだけのことを言わせたことは誰の目にも明らかであった。

又兵衛はといえば、じっと堪《た》えていた。又兵衛は、義父黒田官兵衛孝高への誓いを思い返していた。

「長政を許してくれ。黒田家のため、長政を後見してくれ」

と、哀願されたあの誓いである。

又兵衛は、官兵衛から譲られた胸のクルスに手を伸ばした。形見の品を握りしめていれば、長政からの屈辱にもどうにか堪えられそうであった。

「あら、そのクルス。又兵衛さまは、キリシタンでございましたか」

予想以上の長政の反応に、どうしてよいかわからぬ体《てい》の阿国が、又兵衛の胸のクルスを見つけて、座を繕うべく声を上げた。

「これは亡き黒田孝高殿の形見の品にて――」

又兵衛が言葉を濁していると、

「黒田孝高さまの。それにしてもご立派なクルスにございます」

そう言って、阿国も襟《えり》の間から自分のクルスを引き出した。

「これは、私のクルスでございます。これはひいき筋の堺のキリシタンの方が私にと。このクルスは私の生き方によく合っております。この像に刻まれたお方は、己の節を曲げず、盗人とともに刑に処せられたそうです。命を失うとも、己の信念を曲げぬ態度は、我々遊行《ゆぎょう》の旅芸人が、もっとも心のよすがとするべきものでございます」

阿国は、胸を張り、じっと又兵衛を見つめた。

酒席は白けたが、長政は気を取り直すと、

「それはよい教えだ。父もそのようなことを言うておられた。父は太閤の横暴にもけっして負けず、徳川殿の奇策にもめげず、己の筋を貫いて生きられた」

言って阿国を立て、ふたたび盃を取った。

酒席がようやく収まってとりとめもない話が始まると、又兵衛はゆっくりと立ち上がった。席を外すと、暗い城内の内庭に立って気を鎮《しず》めた。

又兵衛は目の前に広がる見慣れた城内の景色が、にわかに色褪《あ》せ、異質なものに変貌しようとしているのを感じた。

弟のように思いさだめていた城主の長政が、今やはるか遠い存在に変わってしまったことに思い至るのであった。

5

長政にとって、出雲阿国の後藤又兵衛に対する妙に親しげな態度は、思い返すたびにふつふつと怒りがこみ上げてくる記憶となった。

又兵衛の手柄話のひとつひとつが、主をないがしろにする傲岸《ごうがん》不遜《ふそん》な態度に思えてならなかった。

そうした長政の心情を汲《く》んで、村瀬九郎左らの取り巻きが、又兵衛無礼なりと長政をさらに煽り立てた。

それでも、大隅の又兵衛は音無しの構えであった。

又兵衛はただじっと堪えていた。官兵衛との約束を守り、長政と取り巻き連中の挑発にはけっして乗るまいと、自らに言い聞かせていた。

又兵衛が動じないので、長政はさらにまた腹を立てた。長政は又兵衛に対し、新たに怒りをぶつける材料を探した。

ふたたび、又兵衛の他家との書簡のやり取りが問題となって浮上した。

今度は、いきなり、

「謀叛《むほん》の疑いがある」

との流言が城内に広がった。村瀬九郎左が城内に撒《ま》き散らしたものである。長政も、もちろんそれを止めだてはしなかった。

こうした動きの中でさえ、又兵衛はまだじっと堪えていた。

「噂は、時がたてば消えていく。堪えるのだ」

幾度となく自分自身に言い聞かせた。

だが、噂は日を追って広まるばかりであった。親しくしていた老職までが又兵衛から遠ざかり、又兵衛は家中にあってしだいに孤立無援になっていった。

「どうやら、万事休したな」

又兵衛も、とうとうそれを認めざるをえなかった。

「長政を討って、我らも」

激するあまり、家臣たちの中には過激な言辞を吐く者も多かった。だが又兵衛はそれを制し、

「いよいよとなれば、ただここを去るのみよ」

又兵衛は、諦《あきら》めたように言うばかりであった。

「ならば、我らも」

主《おも》だった家臣は皆、異口同音にそう言った。

「そなたらは関係がない。儂と長政殿のいさかいだ。それに、そなたらが軽挙妄動すれば、妻子が路頭に迷う」

又兵衛が言うと、

「そのようなこと、あとから心配すればよいこと。あのような主から禄をいただくこと、もはや堪えがたい屈辱でございます」

そこまで言われては、もはや又兵衛も止めることはできなかった。

又兵衛は、是が非でも、と強く迫る家臣のみを選《え》りすぐり、まずその妻子を、又兵衛の妻らとともに先に発《た》たせた。隣国の小倉《こくら》にて落ち合うこととし、主従三十名余りは、晩春のとある早朝、打ち揃って大隅の城をあとにした。

貴重な品のみを馬の鞍《くら》にくくりつけ、取る物も取りあえず、逃げるように城下を

去っていく。

武家屋敷の塀や門を横切り、大戸を下ろした商家の脇を通り抜けていくと、これもあれも儂の町割であった、と又兵衛にとって懐かしい思いが湧いてくる。そういった切ない思いを圧《お》し殺し、皆で声を掛けながら進むと、ようやく城下を外れ、暁《あかつき》の薄明《はくめい》の中に海の入り江が見えてきた。

博多の海とも長の別れとなる。

「そうだ。筥崎八幡宮《はこざきはちまんぐう》に、我らの前途を、お頼みしよう」

又兵衛は、馬の鼻を向け変え、こんもりと彼方《かなた》に見える社殿を目がけて、軽く鞭を入れた。

その頃、福岡の城に、又兵衛出奔《しゅっぽん》の知らせが届けられていた。又兵衛に謀叛の動きはないか、と長政が密かに手配りした草の者がいち早く大隅の城下を発し、通報に及んだのである。

村瀬九郎左らの側近と、家中でも指折りの手練《てだれ》ばかりが、追手として又兵衛に向けられることとなった。

総勢およそ三十、急のこととてこれ以上は揃わない。それが、騎馬を駆って到着してみると、すでに城内に主はなく、混乱を極めている。これなら、まだ遠くには行っていまいと判断した村瀬九郎左は、すぐに追手をまとめて、ふたたび又兵衛を追撃した。

又兵衛主従と追手の一隊が遭遇したのは、豊前《ぶぜん》との国境にほど近い山里であった。

すでに、大隅を発ってまる一日が経過していた。遅ればせながら主を追って来た家臣が加わり、一行はすでに五十名を超えている。

皆、又兵衛に許しをもらって一行に加わっているわけではない。又兵衛が、返れ、と怒鳴《どな》るのを聞かないふりをして、おずおずとはるか後方からついてくるのである。

又兵衛ももはや、根負けしていた。すでに国境は近い。ここで追い返せば、その者らは切腹を免《まぬが》れないのである。

それを承知で、なんとか又兵衛の許しを求めようと近づいてくるのを、又兵衛は苦笑いしながら見やった。

と、又兵衛の耳に、遠く馬の蹄《ひづめ》の音が届いた。多くの戦場で敵勢と渡り合ってきた又兵衛だけに、その距離も数もほぼ正確に察知することができる。

距離は四半里（約一キロ）ほど、その数三十。

おそらく屈強の者ばかりであろうが、戦えぬ敵ではない。

だが又兵衛は、穏便《おんびん》に事を済ませたかった。つい一日前までは、同じ藩の禄を食《は》み、ともに武術の鍛錬をしてきた者同士である。

それに、吉兵衛長政には、まだ兄弟同様の感情がある。全面対決にはしたくなかった。

（おのれ、なんとしよう）

又兵衛は、思い悩んだ末、こう結論した。

（この俺一人で、立ち向かうまで）

そう決めたのである。

又兵衛一人ならば、相手の勢いもそがれるだろう。追手の中には、又兵衛と戦場で汗を流してきた者も多いはずである。

「早く、我らに加わるのだ」

又兵衛は、遠巻きに主の後をついてくる家臣たちに手招きすると、槍の鞘《さや》を払い、刀の柄《つか》袋を解いて、戦さ支度を始めた。

この頃には、誰の耳にも追手の馬の蹄は届いている。

皆、一様に顔を強張《こわば》らせた。

後方からついてきた家臣も加わって、数を増した一行に向かって、又兵衛は叫んだ。

「馬の蹄の音から察して、数は我らのほうが多い。ここは、又兵衛独りが蹴散らしてくれる。お前たちは手を汚すことはないぞ」

家臣一同は、猛然と反対した。

いくら又兵衛が屈強の武者とはいえ、追手に独りで太刀向かえるはずはない。

我も、我も、と刀を抜き払うと、又兵衛の後についた。

「ええい、ここで待っておれ！」

言い残すと、又兵衛は馬に鞭を入れ、姿を見せ始めた追手に向け雄々《おお》しく挑んでいった。

これには、村瀬九郎左以下、ど肝を抜かれた。又兵衛は、たった一騎で、三十騎に挑むというのである。

「上意だ。後藤又兵衛を討て！」

九郎左が、さかんにけしかけるが、追手の反応はまったくなかった。

誰一人、向かって行く者がいないのである。

いずれも、戦場での又兵衛の活躍を知り尽くしていた。その、武神とも頼りにしていた又兵衛が、敵として、今、合戦さながらに馬を駆り、槍を振り回して向かってくるのである。皆一様に震えおののくほかなかった。

「ええい、何をしておる。主命だ、討て、討たぬか！」

ひきつった声で九郎左はなおも叫んだが、追手はやはり、又兵衛を遠巻きにするばかりである。

ようやく近習の侍が数名、血気に任せて又兵衛に戦いを挑んでいった。

又兵衛を知らぬ若侍だけに、かえって戦いは凄惨なものであった。

又兵衛は、正面きって敵となった者に容赦はなかった。それが、戦場で戦う者同士のいわば礼儀作法である。

又兵衛は、突きかけてくる槍数本を叩き上げ、弾《はじ》き落とし、そのまま返す槍先で、若侍の喉を突き、脇から心臓までを、突き通し、脳天を砕いた。

追手は、皆一様に、槍の動きに絶句した。又兵衛の槍はまるで又兵衛の手の中で生き物のように自在に動き、舞い、鋭く挑みかかる。

そして、その狙いの正確さと動きの素早さは、圧倒的であった。残った若侍も、一瞬のうちに闘争心を失って、馬の鞍の上にへたり込んだ。

「死にたい者があれば、この又兵衛、いくらでも相手をする。だが、命を惜しむがいい。主命には逆らえぬお前たちの立場を憎くは思わん。立ち去れ」

顔見知りの侍たちに、又兵衛が語りかけると、皆互いに困り果てた顔を見合わせた。

「ええい、どうした、皆の者。怯《ひる》むな、討て、討て」

村瀬九郎左独りが、なおも叫ぶのだが、もはや誰一人動く者はない。

「すぐそこが隣国だ。我らはすでに国境を越えたと報告すればよい。吉兵衛にはわからん」

又兵衛は、そう言って馬を返すと、敵に背を向け、そのまま悠然と走り出した。

その様子をじっと見守っていた又兵衛の家臣の間から、わっと鬨《とき》の声が上がった。

「だが、まだまだ油断はならんな。このままでは長政もすますまい」

安堵してつき従う家臣たちを見返して、又兵衛は苦笑いしながら言い捨てた。

追手の一行は、はるか後方からこちらの様子を窺いながら、また目立たぬようにして追尾してくるようであった。

第三章　奉公構え

1

「皆の者、ぞんぶんに働け。武士の本分を貫《つらぬ》き、華々《はなばな》しく散ろうぞ！」

そう大音声をあげて号令すると、又兵衛は隊列を一列に並べ、国分峠を割って流れる石川の河原《かわら》にずらりと布陣した。

川の向こうには、東軍の雲霞《うんか》のごとき先鋒隊が陣を敷き、後藤隊を待ち受けているはずであった。

又兵衛は、いよいよ単独で動くことを決意した。真田幸村が裏切ったとは、この時も又兵衛は思っていなかった。

――濃霧が、幸村隊の足を奪っているに相違ない。

そう己に言い聞かせていた。

ただ、

（きっと遅れることはあろうな――）

というほどの読みは心に許していた。

真田幸村は、誇り高い軍師である。この国分攻めは、又兵衛の発案であり、幸村の案ではない。いかに、東軍が又兵衛の狙いどおり国分峠を越えて攻め寄せてくることがわかったにせよ、又兵衛の戦略にそのまま同調し、己の精鋭部隊を後詰めに配することは、幸村の誇りが許すまい、と又兵衛は想像した。

（その思いが、きっと幸村の足を鈍らせよう――）

又兵衛は、諦《あきら》めに似た気持ちで、幸村の小づくりの顔を想い浮かべた。

（真田は真田、己の死に場所は己で選びたいかもしれぬ）

又兵衛は、ともあれそう割りきることにしたのであった。

又兵衛は、石川の河原で夜霧を透かし、対岸の小松山を睨んだ。そこが、戦略上の最重要拠点であり、一刻も早く占拠しなければならない高地であった。

今、手前の浅瀬を渡りきり、この小山を奪取すれば、又兵衛の軍は戦略的にきわめて有利な位置を確保することができるのである。

又兵衛は、まず手始めに敵の動きを探るため、少数の鉄砲隊を先行させ、川を渡らせると、小松山に向けて鉄砲を撃ち掛けさせた。

反応はなかった。小松山に敵はいない。

又兵衛は、にやりと笑って、手を上げた。

全軍が川を渡って小松山に陣を敷き終えると、又兵衛は皆に明け方まで仮眠を取る

ようを命じた

だが又兵衛は、頭が冴《さ》えて眠れそうになかった。

瓢簞《ひょうたん》の酒をグイ呑みしたが、かえって頭は冴えるばかりである。又兵衛は、ふと周りを見回し、

「九郎兵衛はいるか」

声を掛けた。

「ここにおります」

夜陰の中で、すぐに長澤九郎兵衛が応《こた》えた。九郎兵衛は九郎兵衛で、又兵衛の話の続きがどうにも気になって、声の掛かるのをじっと待ち続けていたのであった。

「どこまで話をしたかな――」

又兵衛は、ニヤリと笑って九郎兵衛を見返すと、微かな記憶の糸を手繰《たぐ》るように、目を細めた。

「殿と黒田長政殿との間に亀裂《きれつ》が入り、殿が黒田家を……」

「そうであったな。不思議な縁で、九郎兵衛には儂《わし》の半生を聞かすことになったのだ。よいのか、眠らずとも」

「眠る気など、もとよりございません。後藤様のお話をぜひ」

九郎兵衛は目を輝かせて、又兵衛を見返した。

「ならば、次は旅の話だ。長い旅路であった」

「旅でございますか。羨ましく存じます。この九郎兵衛、生まれついてこの方、大坂を一度も離れたことがありませぬ。一度でいい、異郷を旅して回りたい、と思っておりました」

「仕官を求める浪人の旅は、そのような浮わついたものではない」

九郎兵衛は顔を伏せ、うなだれた。

「まあいい。旅は若者にとってどのように辛《つら》くとも夢を誘うもの。この又兵衛が何を見、何を聞いたかを話そう」

又兵衛は、床几《しょうぎ》から立ち上がって夏草の上に腰を落とすと、松明《たいまつ》の灯がパチパチと弾ける音を聞きながら、数年に及ぶ長い放浪の記憶をゆっくりと辿《たど》り始めるのであった。

2

豊前小倉《こくら》三十九万九千石の城主細川越中守忠興《ほそかわえっちゅうのかみただおき》は、十五歳の初陣《ういじん》より数十度の戦場を踏んだ豪の者だけに、誇りもことのほか高く、禄高では倍近い黒田家に対して心ひそかに見下すところがあった。

たしかに黒田如水《じょすい》（孝高）は、羽柴秀吉の片腕として、中国攻めや天下取りの合戦に功績はあった
だが、忠興の父幽斎《ゆうさい》とて、織田信長の片腕として、足利将軍家の懐柔や京での朝廷や公家との折衝になくてはならない重要な存在だった。自他ともに天下人の顧問格を任じてきたのである。

しかも、黒田如水の出自は、播磨の豪族小寺氏の家臣にすぎず、それ以前には身を立てるため、薬売りさえしていたという。

これに対して、細川家は鎌倉以来の名家で、室町期には山名《やまな》氏と天下を二分するほどの勢力であった。

文化面でも、細川家は黒田家など比較にならない素養を見せている。いにしえの有職故実《ゆうそくこじつ》にはもとより、画技連歌のほか、当今の茶の湯にも深く通じ、忠興は利休《りきゅう》七賢人の一人として、つとにその名を高めている。

そうした誇りと、禄高への引け目が綯《な》い交《ま》ぜとなって、忠興の黒田嫌いは、家臣も認めるほどあからさまのものとなっていた。

その折も折、当主長政の補佐役として、その武名も轟《とどろ》きわたる後藤又兵衛基次が

主家を飛び出し、家臣を引き連れて、豊前領内を通過するというのである。これを聞いた忠興は小踊りして嬉び、又兵衛をなんとしても手に入れたいと手ぐすねを引いて待ちかまえていた。

忠興が又兵衛を欲しがった理由が、実はもう一つあった。忠興は無類の武芸好きであった。

これより後の慶長十七年（一六一二）四月、忠興が藩の剣道指南役として雇い入れた佐々木《ささき》巌流《がんりゅう》小次郎《こじろう》と、作州《さくしゅう》（岡山県北部）浪人宮本《みやもと》武蔵《むさし》とを対決させ、世間の話題をさらったことはつとに有名である。

こんな忠興だけに、当代一の槍の名人、また朝鮮では虎をも討ち取った豪傑後藤又兵衛への忠興の関心はなみなみならぬものがあったのである。

又兵衛主従が小倉の城下を通りかかると、忠興は待ちかねたように家臣を遣《や》って、一行を呼び止めて、

――奉公の儀用意あり、

と伝えさせた。

しばらくは浪々の身も覚悟せねばなるまい、と思い定めていた又兵衛は、あまりに早い仕官の誘いに、嬉しくもあり、また当惑もした。

当惑した理由《わけ》は、旧主である黒田家とは隣藩であり、しかも両家が犬猿の仲であるということをよく知っていたからである。

たしかに、長政がこのことを知れば、両家の間に深刻な事態が生じよう。

だが、突きつめて考えてみれば、それもどうでもよいことである。

黒田家の禄を離れて、浪々の身となった以上、どこに仕官しようと、それは又兵衛の勝手であり、旧主からとやかく言われる筋合いのものではない。

それに細川家は、又兵衛にとって好ましい奉公先であった。

忠興の人望は又兵衛もよく承知しており、細川家尚武《しょうぶ》の家風や文化の伝統も、又兵衛にとって仰ぎ見るようなものである。今さら言うまでもない。奉公して不満があろうはずもない名家なのである。

まずはともあれ当主細川忠興に会ってから、と又兵衛は腹を括《くく》った。

誘いを受けて三日後、又兵衛は迎えの者に従い、宿から直接城に上がった。

又兵衛は、忠興をひと目見て、好感を持った。

美を知る優雅な心を持ちながら、武人としての性根もしっかりとすわり、泰然自若《たいぜんじじゃく》として日々の政も怠《おこた》りない。

そうした高邁《こうまい》な人となりが、対面し、ひと言言葉を交した時から、又兵衛にはつぶさに理解できるのであった。

忠興もまた、又兵衛の気宇壮大にして飾るところのない素直な人柄が大いに気に入った。

浪々の身でありながら、己を高く売らんと駆け引きをする様子もなく、あくまでも自然な人となりのままで、取り繕《つくろ》うことなく語りかけてくる。

いや、それどころか、その顔をつぶさに見れば、

（気に食わなければ、こちらから願い下げる）

といった独立自尊の気概が見え隠れしているのである。

黒田家を出奔《しゅっぽん》した理由も、

——一身上の理由ゆえ——。

とあえて語ろうとしない。旧主黒田長政をけっして悪しざまには言わないのである。

二人の話は、すぐにじめじめしたものから離れ、又兵衛の武勇伝に移っていった。

朝鮮の役では、忠興も出陣し渡海しているだけに、話は大いに弾《はず》んだ。

異国の戦場に命を張った者同士の、いわば戦友意識のようなものが、身分の違いを越えて二人の心を支配し始めたのであった。

話が槍の武芸談に及ぶと、忠興はただただ目を輝かせ、又兵衛の話に聞き入った。又兵衛にとって槍は相手を威圧する長物《ちょうぶつ》ではなく、自在に操ることのできる手足のようなものらしい。

酒を交えての数刻の懇談の後、忠興は、

「のう、後藤殿ぜひとも当家に仕官を願えまいか。この儂《わし》の片腕として、藩政にあれこれ助言してほしい」

主従の隔てなく、旧知の友のように又兵衛に懇願した。

そこまで高く買われれば、又兵衛も本望であった。又兵衛は、歓《よろこ》んでこの仕官の誘いを受け、又兵衛を慕って追って来た家臣もともに仕官させることを条件として提示した。忠興が承諾したのは言うまでもない。

又兵衛にはとりあえず一万石が与えられることとなったが、又兵衛にとって禄高の多少はまったく気になるものではなかった。

忠興はその翌日から、鉄砲二百と同数の家臣を又兵衛に預けた。

城下には、又兵衛主従の屋敷が用意され、又兵衛はあたかも古くからの家臣のように厚遇されて、合流した家族とともに小倉に安住することとなった。

3

かくて、ここに後藤又兵衛基次の第二の人生が穏やかに始まるかに見えた。

ところが、予期せぬ不都合な事態が生じた。

——又兵衛仕官。

の噂が、たちまち福岡の城下に達するや、これを知った黒田長政が烈火のごとく激怒し、「奉公構え」を発したのである。

「奉公構え」とは他家への奉公をさしとめることであり、内容のあらましは、「当家にて不都合をしでかしたので、追放した者、お雇いくださるな」といった内容であった。

忠興は、当然のことながら、まるでこれを意に留めなかった。

長政の怒りに、油が注がれた。とはいえ、今度ばかりは刺客を放つわけにはいかなかった。又兵衛は他国の家臣なのである。

長政はやむをえず、又兵衛を追放するようふたたび細川家へ腰低く使者を送った。

だが、黒田嫌いの忠興は、またもやこれを一笑に付した。

「なんの、戻してなるものか！」

忠興の意地は、この時とばかりに燃え上がった。

ここは、両家ともあとには退《ひ》けなかった。

両国の国境は、殺気立ったものに変わり、両国の軍勢が城を発したという噂が、まことしやかに両家の領地内に流れた。

長政が忍びの者を多数召し抱え、細川領内に潜入させたとの噂も流れた。

又兵衛の福岡出奔と、それに次ぐ細川家仕官の話は、すでに近隣諸国に轟き渡っているうえ、又兵衛・忠興の側を応援する声がつとに多い。長政はもちろんのこと、細川忠興にとっても、ここを退いては武士の面目が保たれなかった。

返せ、返さぬ、の使者のやり取りが半年ばかり続き、一触即発《いつしよくそくはつ》の緊張が両家の国境を支配するに至った時、思いもよらぬ仲裁が入った。

徳川からの直接の介入であった。

「江戸と大坂の間に、いつ戦火が巻き起こるか知れないこの時節に、西国で味方同士が争いを起こしてどうするのだ」

これが、家康が忠興に送った使者の口上であった。

抵抗のしようがなかった。

相手は将軍家である。しかも、細川家は徳川家とは縁の薄い外様《とざま》大名である。ここで意地を張り通せば、家を潰されかねなかった。

忠興は、又兵衛を呼び寄せ、これこれ、このとおりの理由ゆえ、と真正直に又兵衛を護《まも》りきれぬ事情を説明した。

これを聞いた又兵衛は、むしろ、さばさばした気持ちであった。

将軍家の介入があれば、これはもはやいたしかたない。数千の家臣とその家族を路頭に迷わせてまで、又兵衛とその郎党を護ってもらうわけにはいかなかった。

又兵衛は、むしろ忠興の立場が、気の毒でしようがないのであった。

そもそも細川家が、己のためにここまで黒田家と対立し、半年もの間領内に留め置いていてくれたことで、忠興の好意は十分なのであった。

盛大な送別の宴が催され、家臣がうち揃って又兵衛との別れを惜しんだ。

「のう、又兵衛。もし黒田家と不和を続け、合戦に及んでいたとしたら、どうすれば勝っておったかな」

忠興が酒席の戯《ざ》れ言《ごと》として、又兵衛に訊いた。

「簡単に勝つ方法がありますぞ。長政殿は優れた勇将ゆえ、いつも先頭を駆けておりまする。まず鉄砲の名手五十人も選んで、前方の敵五人も討ちとれば、その中にきっと長政殿がおりましょう」

又兵衛は飄々として応えた。

忠興は、あれほど長政を嫌って退散したというのに、そんな気配はつゆほども見せず、武勇を誉めあげる又兵衛の姿勢に、忠興はあらためて又兵衛の人となりを思った。

「せめてそなたの家臣なりと――」

忠興が申し出ると、又兵衛は、

「これに過ぎる好意、思いも及びませぬ」

と深く感じ入り、連れだった家臣たちを城内に預かり留めてもらうこととした。

4

又兵衛は、妻子を密かに故郷の姫路に送り出すと、上方《かみがた》に上るべく、小倉から海路を選んだ。供は下男の市助《いちすけ》ただ一人である。

市助は、後藤家がまだ別所家の麾下にあった頃からの奉公人である。

切れ長の眸《め》を時折光らせて人を窺うその形相に、幼い又兵衛は畏《おそ》れさえ抱いていたが、長じてからの印象は顔をしわくちゃにして泣き笑う人情家のそれであった。

だがその印象はいずれも一面であった。市助はワルであった。一時は素性の悪さから、父の代に家を追放されたりもした。

だが市助は、三木城の籠城戦に加わり、死を目前にして以来、すっかり人が変わった。地獄を見てきた者特有の、寡黙《かもく》で切羽《せっぱ》詰まった暗い影がその面体《めんてい》を被《おお》い始めたのである。

それ以来、市助は又兵衛の前から姿を消した。

又兵衛が黒田に拾われて三年の後、市助はひょっこりと又兵衛の前に舞い戻ってきた。

市助はふたたび人が変わっていた。その表情には、かつての暗い影はまるでなく、どんなことにも動じない飄然とした面持《おもも》ちが浮かび上がっていた。

「どうでもいいのだが、とにかく生きておるわ」

そんな投げやりな態度と、ある種の軽みのようなものが、市助を支配しているようであった。それでいて、真顔になった時の険しい表情は、又兵衛さえ驚いて見返すほどであった。

市助は、第二の人生でも、修羅《しゅら》の道を歩んできたらしかった。

その市助の心情は、又兵衛のそれにどこか相通じるものがあり、それ以来、市助と又兵衛は、長い相棒になったのである。

その市助に又兵衛の鎧兜を収めた笈《おい》を背負わせ、又兵衛はもえぎ色の小袖に皮袴《かわばかま》を着け、二間《けん》（約三・六メートル）の赤柄《あかえ》の大槍を抱えて往く。

腰の大刀は戦場での馬の脚も斬るという長大な斬馬刀である。それが六尺（約一八〇センチ）を越える長身の又兵衛にはよく似合った。

細川家の家臣でなくなった以上、長政が再度刺客を放ってくることは目に見えていた。となると、危険な陸路を取るより、海路のほうが奇襲の恐れがないだけ安全と考えられる。

又兵衛の判断は正しく、船に刺客らしい者の姿はなかった。

（追手どもめ、儂が忽然と消えたので、ひどく困惑していよう）

そう思うと、又兵衛の顔はつい綻《ほころ》んでくる。

又兵衛、市助の主従の乗った船は、まだ暑さの残る旧暦の七月下旬、島々の点在する狭い海路を渡って芸州《げいしゅう》に至り、日本三景の一つ宮島《みやじま》に停泊した。

二人は島の宿に投宿し、久方ぶりの長閑《のどか》な日々を楽しんだ。

まず当分は、追手に見つかる恐れはない。

一面の明るい海を見ていると、ここ数年の福岡の城での、陰湿な確執のすべてが嘘のように思えてくる。

いつしか、又兵衛の五臓六腑からすっかり険しさが抜け、忘れかけていた穏やかな日々の記憶が甦《よみがえ》ってくるのであった。

又兵衛の育った播磨の故郷にも、こうした明るい瀬戸《せと》の海があった。

（なんと殺伐《さつばつ》として、せわしない日々であったか――）

又兵衛は、その半生を想い返し、ぞっとして背筋を丸めるのであった。

主取りをすれば、またしても長政の奉公構えの触れが発せられるだろう。無理な仕官の道を求めるくらいなら、故郷に戻り、田でも耕して暮らすほうがましとも思う。このまましばらくただ、のんびりと旅を続けているのもよい。

己一人に戻り、足の向くまま気の向くまま、好きなように旅を続けていられれば、これに優《まさ》る生き方はあるまい。

いずれは、糊口《ここう》をしのぐ方便《たつき》の道も考えねばなるまい。だが、又兵衛にはまだ路銀はたっぷりとある。慌てることはなにもないのである。

又兵衛は、宮島での長逗留《ながとうりゅう》を決め込むと、日がな釣糸を垂らし、海原《うなばら》を見つめて暮らした。

宮島に着いて半月ほど後のこと、又兵衛は突如、たいそうな身なりのよい武士の訪問を受けた。広島城主福島左衛門太夫正則《ふくしまさえもんだゆうまさのり》の家臣福島丹波守《たんば》治重《はるしげ》、と恰幅のよい武士は名乗った。

治重は、わずかに小間使いの市助のみを供に連れた又兵衛の旅姿に、当初訝《いぶか》しげな顔つきであったが、いずれ後から家臣を呼び寄せるものと思い込み、あらためて正座すると、主からの申し状を重々しく伝えた。

福島正則が、又兵衛を召し抱えたい、と強く所望しているというのである。

「ほほう――」

又兵衛は、他人事のようにぼんやりと話を聞いた。

福島正則が又兵衛に興味を抱くのは、想像のできぬことではなかった。賤《しず》ヶ岳《たけ》七本槍の一人にして、自ら槍の名手を任ずる福島正則は、以前から又兵衛に強い関心を示していた。

すでに四十九万石取りの大名となっていた正則だが、その武辺一途《ぶへんいちず》の気持ちはそのままで、いまだに戦国の青年武将の心意気は健在であった。

事実、又兵衛が細川家と黒田家の対立抗争の渦《うず》に巻き込まれ、ついに徳川家康の仲介《ちゅうかい》で細川家を放免されて九州をあとにした、との報《しら》せを聞き、正則は又兵衛の領内通過を手ぐすね引いて待ち構えていたのであった。

心は豊臣に残しながらも、処世のために徳川につき、このところ家康の意のままに操られどおしの正則の心に、反徳川の気概がふたたびめらめらと燃え始めていたのであった。

反発の種となっていたのは、次から次へと要請される城普請《ふしん》であり、このところの豊臣いじめである。せめて又兵衛を召し抱え、家康の鼻をあかしてやろうと考えたのも、無理からぬところがあったのであった。

「わが主は、小倉の件はおおかた承知してござる。しかし、それはそれ、貴殿ほどの武勇の士を、あたら野に捨て置くのは惜しいと申されましての」

治重の熱意に、だが又兵衛はいまひとつ反応が鈍かった。黙然《もくぜん》として申し出をあまり喜ばぬ又兵衛の様子に、いささか心外なものを感じたか、又兵衛が主との対面を約束すると言うと、治重はそそくさと城へ戻っていった。

福島正則は、又兵衛が仕官にそれほど乗り気でない、の報告を治重から聞くと、なおのこと意地を通してみたくなった。高禄が望みとあらば、黒田と同額までの覚悟はある。

治重の熱意にほだされ、笈《おい》の底に潜めていた狩衣《かりぎぬ》を着け、請われるままに又兵衛が広島城に登ってみると、久方ぶりの再会に正則は顔を綻ばせ、

「おお、又兵衛。朝鮮以来だの」

旧知の友のごとく又兵衛の腕を取って、酒席へ招いた。

このところ徳川の顔色ばかり窺《うかが》って暮らす日々のせいか、正則の顔に精彩はなく、苦悩の影ばかりが痛々しいほどである。

正則は、ひたすら武名を上げることのみを思い狂奔していた青年時代を回想し、又兵衛の立場を羨んでいる様子でさえあった。それだけに、正則の口からは盃を仰ぐたびに愚痴が出て、徳川への怒りが口をつく。

遠慮なく、ひとしきり徳川への罵声を吐き出した正則は、

「のう、又兵衛、久方ぶりだ。槍の技を競わんか」

と又兵衛を藩の道場へ誘った。

髭には白いものの見える正則の、無邪気な申し出に又兵衛は苦笑いするばかりであったが、盛大な宴への返礼にと、又兵衛はやむなく槍を取り、正則の後に続いて藩の練武場に向かった。

互いにタンポのついた稽古槍で打ち合ったが、すぐに正則が又兵衛の敵ではないことがわかった。福島正則は、数度槍の穂先を合わせただけで、自在に又兵衛の槍に弄《もてあそ》ばれ、天井高くその長尺の槍を巻き上げられた。

「ううむ、参った！」

福島正則は、悔しそうに言った。

「いやいや、今のはまぐれでござる」

又兵衛はそう言って、福島正則を慰めたが、腕に歴然たる開きがあることは、家臣の目にも明白である。

それも無理からぬことではあった。正則は、秀吉の母方の遠縁に当たり、若くして秀吉の子飼いの武将として大切に育て上げられてきた。

それだけに、その武名はあくまで政治的な虚名であり、正則の槍の技が、ことのほか優れているはずもなかったのである。

凄まじい膂力で大槍を振り回し、敵将をなぎ倒したという事実もなければ、激しい突きで幾人もの敵を串刺しにしたわけでもない。

一対一で敵と渡り合い、幾度となく兵を突き殺し、叩きのめしてきた又兵衛の槍とでは、その実戦で鍛えられた力の差はいかんともしがたかった。

「やはり、おぬしの槍は聞きしにまさるものだ。日本一の槍に間違いない」

福島正則は、又兵衛の手をしっかりと握りしめ、

「おぬしのような家臣がおれば、どのように心強いか。いや、家臣などとは言わん。

武芸の師として、当家に留《とど》まり、我が家臣にまことの武士のありようを示してはくれんか」

その一本気の気性ゆえに、正則は熱烈な敬意の念で又兵衛を引き止めた。

この時、又兵衛の心に、にわかにへそ曲がりの心が頭を擡《もた》げた。

正則は、なるほど見てのとおり武骨な戦国武将の生き残りである。それゆえ、又兵衛の中に己の姿を見、また又兵衛と語り合うことで徳川への反発心を癒《いや》している。

だが、又兵衛は又兵衛である。正則の慰みものになどなりたくなかった。

又兵衛はあくまで己の器量を、武将としての才覚を買ってほしかった。又兵衛は、何者かの影などには断じてなりたくはなかった。

もし、正則が徳川の影に脅え、その己の姿をごまかすために、己を雇い入れるなら仕官などご免こうむりたい。

「拙者、諸大名家からあまた仕官の誘いを受けておる。公平を期するため、ご当家に仕官するに際して、条件をつけたく存じます」

又兵衛は懇願する正則に、冷酷とも思える条件を提示した。

「条件？　禄高のことか。遠慮なく申されよ」

「されば、三万石ほど所望したい」

又兵衛は、ずばりと言ってのけた。

芸州《げいしゅう》広島藩は、黒田五十二万石より少ない四十九万石である。筆頭家老でさえ、せいぜい一万数千石であろう。三万石は、もちろんおいそれと正則が呑《の》める額ではなかった。

「三万石――」

福島正則は、そう言ったきり絶句した。

「ご無理を申した。この又兵衛、欲にくらんで申しているのではない。諸家からの誘いは、いずれも誠心誠意の申し出で、甲乙つけがたいもの。同じ条件ならば、より拙者を高く買ってくださる家を選ばねば、かえって礼を失することにもなりかねず、この儀、お許しいただきたい」

又兵衛は、頭を下げ、ニヤリと笑った。

ゆっくりと頭を上げると、福島正則はまだ困惑の体《てい》で顔を歪めている。

「ううむ……しばらく、待ってはくれんか。家臣ともよう相談せねばならんでな」

「拙者、宮島の宿にあと三日逗留しております。それまでにご返事いただければ」

又兵衛は、それだけ言い残して広島城を後にした。福島正則にはすまないことをした、との思いもあったが、それよりも正直のところ、

——これで、とりあえず仕官せずにすんだ。

との思いが、強かった。

自由の身の晴れやかさを知った今、心の絆《きずな》をしっかり結ぶことができる、よほどの主にでなければ、仕官などしたくはない。

それに、正則のことを思えば、又兵衛の仕官は当然のことながら家康を刺激するだろうし、気性の激しい正則のことだから、黒田長政とのひと悶着も避けられまい。

(これでよいのだ)

そう思うと、宮島の光景ももはや色褪《あ》せて、又兵衛主従の出立を促しているようである。

「しばらくは浪々の身よの、市助」

そう語りかけると、市助は主の顔を見やって、ただただ苦笑いするばかりであった。

5

又兵衛は、三日の間、宮島の船宿で正則からの返事を待ち、なんの返答もないのを確認すると、山陽道を東に向かった。

福島家中に又兵衛の存在が知れわたった以上、いずれ長政の耳にも又兵衛の所在は知れよう。宮島までの旅が船旅であったことも当然伝え聞くはずであった。となると、再度海路を往《い》くことは危険である。ここは、裏をかいて陸路を往くにしくはない。

下男の市助を伴い、又兵衛は穏やかな陽光の降り注ぐ海沿いの街道を、ぶらりぶらりと進んだ。

市助には甲冑《かっちゅう》の入った笈《おい》を背負わせ、又兵衛は手に赤柄《あかえ》の長槍を握りしめている。海岸の松原の上に、鳶《とび》が数羽舞い、目を細めて見れば、漁船が彼方《かなた》の島陰で網を打つのがぼんやり見えている。

（こんな長閑《のどか》な光景を見ることを、いったいいつから忘れてしまったのか――）

又兵衛はあらためて思った。

又兵衛の生国播磨《はりま》では、よく晴れたこんな一日、しばしば叔父に連れられて船に乗り、釣りを楽しんだ。

瀬戸の海はいつも穏やかで、多くの恵みを又兵衛にもたらした。

又兵衛の性格に、この瀬戸内の明るい屈託のない海が与えた影響は計り知れないだろう。

海は又兵衛を、つねにおおらかに包み込んだ。

又兵衛は、ふと母を思った。主人別所長治の後を追って父が自害した後、又兵衛の母は雪崩《なだれ》込んでくる羽柴勢の乱暴狼藉《ろうぜき》を恐れて、慌ただしく実家に逃れていった。それ以降、後藤の一族は四散し、母は戻るところもなく実家で暮らしていたが、七年ほど前に他界した。

こうして戻ってきた瀬戸の海に、家はなく、母もない。又兵衛は、天涯孤独であり、縁なき者なのである。

だが又兵衛は、それでも今の境遇に不満はなかった。縁なき者となった今、又兵衛はその縁なきがゆえ、気楽に諸国を旅することができる。

旅をしていると、旅芸人や商人、又兵衛のような浪人者や、虚無《こむ》僧など、いずれも堅苦しい武家の社会に暮らす者と違った者たちの、自由で気ままな息遣いが聞こえてくる。

そうした伸びやかな表情を見ていると、自分の半生とはまったく違った別の人生があったのだ、と又兵衛はあらためて気づくのであった。

海沿いの街道が山地にさしかかり、芸州と備後《びんご》を隔てる山塊に入っていった頃、晴れわたっていた空ににわかに黒雲が立ち込め、暗くなってきた。ひと雨あるか、と思に遅れはじめて、市助を振り返った。市助は足に豆をつくったらしく、又兵衛からしだいに遅れはじめて、五間（約九メートル）ほど後を、片足を引きずりながら歩いている。

それを苦笑いして見返した折、又兵衛は市助のさらに後方を、白衣に紫の修験者《しゅげんじゃ》装束《しょうぞく》の一団八名が、隊列を崩さず、錫杖《しゃくじょう》を大地に叩きつけながらついてくるのをみとめた。

その険しい表情は、長閑《のどか》な街道の風景にいかにも異様である。固い双眸《そうぼう》からは、殺気のようなものさえ放たれている。

（来たか――）

又兵衛は、長政の放った刺客であると想像した。

しばらく後を追ってくるところを見ると、すぐに襲って来る様子はない。だが、又兵衛から離れてしまった市助がまず危なかった。

いずれ後方から一気に襲いかかってくるとすれば、まず邪魔な市助が先に斬り倒されるだろう。

「市助――」

又兵衛は、声を上げて市助を呼んだ。

「へい」

疲れきった声で、市助が応えた。

「雨が降るぞ。急がねばなるまい」

「もう、無理でございます」

市助は音《ね》を上げ、顔を歪めてみせた。


海の音がまた近くなる。山中にあった街道が、また海沿いに戻っているのだ。

街道の右手は人の背丈ほどの崖で、その下は砂浜である。彼方に、松林が見えてきた。人家も点々と見えている。

又兵衛は足を緩め、ふたたび市助を振り返ると、市助は足を引きずりながらも、又兵衛までの間隔をかなり詰めている。

又兵衛は、首を傾げた。市助の向こうの修験者の数が半減しているのである。

八人いた白装束の男たちが、今は四人である。

又兵衛は警戒心を募《つの》らせた。いよいよ攻撃に出る手筈《てはず》が整ったらしい。

そういえば、なるほど好都合なことに、前後に旅人の姿がなくなっている。

又兵衛の額《ひたい》にぽつりと冷たいものが伝ってきた。

雨が降り始めたのであった。

「早く来い、市助。大降りになるぞ」

そう叫んで後ろを振り返った途端に、市助が顔を引きつらせ又兵衛の方へ駆け寄ってくるのが見えた。

又兵衛の前方に、姿を消した四人の修験者が忽然《こつぜん》と現われていた。それを見て、市助は背後からも襲われるのを警戒し、駆け寄ってきたのであった。

又兵衛と市助は、前後から挟まれた形となった。

前後の修験者が、錫杖の先端を払うと、槍の穂先が姿を現わした。錫杖は見せかけで、仕込みの槍になっているらしい。

前方の四人は、その仕込みの槍を倒し、又兵衛に向けてぴたりとつけた。

後方の四人も同じ態勢である。

いや、それ以上に奇妙なことに、修験者の一団は、握った錫杖の柄にいずれも十五寸ほどの鉄の円筒をかぶせ、それを左の手で支えている。右の手は、錫杖の尻を軽く握っていた。

又兵衛は、筑前彦山《ひこさん》の修験者の間に伝わる奇妙な槍術《そうじゅつ》について耳にしたことがある。槍の柄を円の中に通し、狙い定めて鉄砲を放つように突き放つという。その一撃必殺の技は、門外不出という。

「侮《あなど》れぬ――」

又兵衛は、警戒を強めた。

八人の修験者は、計《はか》ったように間合いを詰めてきた。

「市助――ッ！」

叫ぶや、又兵衛は片手で市助を突き飛ばした。又兵衛の豪腕に弾《はじ》かれて、市助は右手の崖を、一気に砂浜までころげ落ちた。

市助を逃がした又兵衛は、赤柄の大槍をぶるんと頭上で旋回させると、そのまま一気に間合いを詰めた。

まず敵の囲みを破る必要があった。だが、敵はそのまま陣型を崩さず、ずるずると後退した。

と、その隙を突いて、又兵衛の背後から、すかさず四本の槍が突き出された。

仕込みの槍は、その円筒に支えられているぶん狙いが正確で、しかもひねりも加えて突き出されるため、破壊力もまさっている。

かろうじて体《たい》を沈め横飛びに飛んだ又兵衛は、そのまま市助を追って崖を滑り落ちた。

松林の影で不安げにこちらを窺っている市助の姿が見えた。

又兵衛は、態勢を立て直し、松林に駆け込んだ。そのあとを刺客たちが追う。

「後藤又兵衛基次と知っての狼藉か！」

「我ら黒田八本槍、主命によってお命もらい受ける」

まだいずれも歳若い修験者の一人が、野太い声で名乗りを上げた。

「黒田八本槍とは呆《あき》れたものよ。黒田家には、暗器《あんき》（正統でない武器）に似た細工の槍を用いる武士はないはず」

「それは、後藤又兵衛が黒田家にあった時まで。獅子身中《しししんちゅう》の虫が去り、黒田は強くしたたかになった」

「長政殿も落ちたもの。忍びや修験者の得物で不意打ちとはの。こうでもせねば、儂を倒せんとは、もはや黒田に武士はおらぬと見える。今のうちならば見逃してやる。福岡に帰って、主に申せ。又兵衛は卑怯者に討たれぬとな」

嘲《あざけ》るように言い放つと、又兵衛は腰の斬馬刀を抜き払った。下段につけ、下から敵の槍を払い上げる構えである。

槍の名手なればこそ、又兵衛は槍の欠点も熟知していた。松林の間では、その柄の長さに禍《わざわ》いされて、槍の取り回しは極端なまでに悪くなる。

又兵衛は、修験者の一団が自分を囲んで間合いを詰めてくるのを待った。

だが、敵は槍を腰だめにし、手元に引きつけているため、その槍の全長が確認できない。この戦法では、間合いを見切ることがすこぶる難しい。

又兵衛は、ずるずると後退しながら誘いの隙をつくった。

案の定、敵はすぐには突っ込んでこず、ふたたびじりじりと間合いを詰めてきた。

ほとんど同時に、ひねりを加えた槍が突き出された。

それを、又兵衛はぎりぎりに見きってかわす。

敵の動きは迅速で、槍先は又兵衛を外すとすぐにスルスルと引き込まれた。

だが、又兵衛はそのほんの一瞬を見逃さなかった。素早く斬馬刀を繰り出し、相手の槍を弾き返した。

又兵衛がようやく反撃に転ずると、仕込みの槍を繰り出す八人の間に乱れが生じた。

五月雨《さみだれ》に槍が突き出されるが、又兵衛が松林を背に反撃するうち、槍の幾本かが、松の幹に乾いた音を立てて突き刺さった。

又兵衛は、斜め前方からの突きを前方に踏み込んで刀で受け、そのまま相手の額に斬りつけると、その斬撃した頭蓋《ずがい》が割れ、血と脳漿《のうしょう》が一気に吹き出した。

怯《ひる》んだ敵の第二撃を、首をすくめてかわし、又兵衛はふたたび踏み込んで今度は腕を断った。

手首を落とされた敵は、バランスを失って前に崩れ、そのまま下生えの上に昏倒した。

後方からの槍を下段から弾き上げ、敵の腹に突きを入れると、刀身の半分までが敵の背中に突き抜けて、ようやく止まった。

又兵衛はその敵の腹を勢いよく蹴って、刀を抜き払った。

「やめておけ、あたら命を落とすだけだ！」

又兵衛は荒々しく吼《ほ》えた。

又兵衛の荒技に、敵は一様に気勢をそがれ、体を硬直させていた。

「おぬしら、戦さの仕方も知らぬようだな」

又兵衛は嘲るように言った。

この若侍たちは、まだ命を懸《か》けて戦ったこともなければ、人を斬る凄惨さも悲しさも知らない。さしたる覚悟もなく、長政に命じられるままに、獣を倒すがごとき安易さで又兵衛に襲いかかったのである。

（だから、死の恐怖に直面して、初めて戦いの恐ろしさに身をすくませている）

「うぬら、命のやり取りは、軽いものではないのだ。去れ！」

立ちすくんだまま身動きできずにいる。

「よほど死にたいか。ならばせめてこの又兵衛が、武士の闘いとはどのようなものか、冥土《めいど》の土産《みやげ》に見せてくれよう」

又兵衛はふたたび、憤怒の形相で間合いを詰めた。

わずか二間の間合いまで迫った又兵衛に、若侍らは退くこともできず、破れかぶれとなって斬りかかった。

勝負は呆気なかった。

若侍は又兵衛の手で唐竹《からたけ》割りに頭を割られ、あるいは胴をほとんど二つにされて果てていった。

この場を逃れえたのは、わずか三人である。

又兵衛は、血塗られた大太刀をぶんとひと振りし、鞘《さや》に収めると、腕を組み天を仰いだ。

ふと義父、黒田官兵衛孝高の姿が目に浮かんだ。こんな時、官兵衛もまたこのような時には天を仰ぎ神に祈っていたものであった。

6

播磨国姫路は、池田輝政《いけだてるまさ》の城下である。

池田家は、古くは尾張の豪族で、織田信長に従ってその勢力を伸ばし、羽柴秀吉の時代には美濃《みの》一国を賜《たまわ》った。さらに関ヶ原の合戦では率先して東軍に加わり功を立て、五十二万石の太守にまで出世していた。

当代池田輝政は、名君の誉《ほま》れ高く、家康の息女督《とく》姫を正室に迎え、外様《とざま》の中にあって播磨宰相の異名をとるほど、徳川家内に重きをなしている。

居城のある姫路には、多くの儒学者や文人が招かれ、学問が奨励されるとともに、名園や寺院の整備などで輝政は文武両道に秀《ひい》でたところを見せている。

又兵衛とは、又兵衛の義理の弟三浦主水《みうらもんど》が池田家に仕えている関係もあり、誼《よしみ》を通じて以来、交わした書簡の数も多い。

池田輝政が又兵衛出奔の噂を最初に耳にしたのは、あの女歌舞伎の旅芸人出雲阿国からであった。

阿国は、福岡を離れると、西国の旅を続け、又兵衛よりも一足先にこの姫路に辿《たど》りついていた。

学問好きの堅物《かたぶつ》一本槍かと思えばさにあらず、輝政は遊芸にも通じ、阿国とは越前の領主結城秀康《ゆうきひでやす》に紹介されて以来、幾度か城内に招き入れている。

阿国の個性の強い芸は、時に保守的な大名には嫌悪されることがあったが、そんな中で、池田輝政の阿国びいきは、本物であった。

輝政は阿国を熱心に支持し、その念仏踊りや、やや子踊りを賞賛した。また、新工夫の女歌舞伎には手を打って喝采《かっさい》した。

大名の鑑《かがみ》ともいうべき輝政なればこそ、ふと傾奇《かぶ》き、戯《ざ》れ合う一刻をことのほか求めたのかもしれなかった。

こうした大のひいき筋だったので、輝政は阿国を酒席に呼び寄せ、江戸や大坂をはじめ全国の四方山《よもやま》談義に花を咲かせていた。

話が黒田長政と又兵衛の争いに及ぶや、輝政は長政への嫌悪の情を露《あらわ》にした。輝政は長政とは旧知の間柄であったが、又兵衛出奔までのいきさつを聞けば、明らかに長政に非がある。

「なぜなのだ。天晴《あっぱ》れの武士黒田長政が、なんと愚かなことを」

輝政は、ため息まじりに出雲阿国を見つめた。

「長政さまは、又兵衛さまをあくまでご家臣としてみなしたいのでございましょう。

でも又兵衛さまは、独立不羈《ふき》のお人柄。家臣として自由にものも言えぬようになるのは我慢ならないのでございましょう。阿国には、その心もようわかります」

阿国は、手ずから輝政に酒を勧めながら、輝政の横顔をちらりとうかがった。それを感じて輝政は頬を染めながら、

「さもありなん。聞けば、黒田孝高殿は、又兵衛と長政殿を兄弟のように育てられたという」

「長政さまがこれほどの大身《たいしん》の大名となられる前は、仲のよろしいこと、人も羨むようであった、と官兵衛さまも誇らしげに言っておられました」

「五十二万石は、それほど人を変えるか」

輝政は憮然とした面もちである。

「長政さまには、五十二万石は重すぎるのでございましょう」

阿国は、しごくあっさりと言ってのけた。

「又兵衛と長政殿とでは器《うつわ》が違うか」

「はい」。阿国はクスリと笑った。

「ただ、器の大きさは違いますが、形はそっくりにございますよ」

「あの猪のような真っ直《す》ぐなご気性、豪胆にして機略に富むのもよく似てございま

す。ただ……そうでございます、又兵衛さまには、長政公にはないものがございます」

阿国は手を打って目を輝かせた。

「何だ、それは——」

「それはお会いしてお話しなされば、きっとおわかりいただけます。又兵衛さまには、不思議な温もりがございます。その温もりは、どこから来るものかと考えますと、人に迎合することなく、己を失わずに生きておられるからでございましょう」

「己を失わずにか……」

「それゆえ、権勢におもねるでもなく、人を見下すでもなく、人間同士等しく交わることができるのでございます。それは、阿国の理想とするものでございます。河原乞《かわらこ》食《じき》と蔑《さげす》まれても平気の平左で生きておられるのは、己の道ゆえ」

「うむ。又兵衛の場合、その自信は噂に聞く槍への自信から来ておるのであろうかの」

「それもございましょう。又兵衛さまは真の武士。ただそれだけではございますまい。又兵衛さまは、自らに厳しく課しておられるお考えがあるのでございましょう。それは、己のみを頼りとして生きてこられた間に身につけた、反骨の心のようにも思われます」

「反骨の心か。いわば傾奇き者の心だな。そなたの心意気と通じるようだな」

輝政は阿国を見返して微笑《ほほえ》んだ。

「それにしても、幸せな男よな。主のもとを出奔し、浪々の身となりながら意のままに生きておる」

輝政は、つくづくと感じ入った。

「殿とて、何のご不満もござりますまい」

「なんの、儂の家は、織田、豊臣、徳川と三代仕えた世渡り上手。家を護《まも》り、たしかに家の主であり続けることはできたが、己の主であることは、誰もなしえておらん」

阿国には、何でも包み隠さぬ輝政の真正直さがむしろ微笑ましかった。世間では名君の誉れ高いこの播磨宰相も、阿国の前では子供も同然なのである。

「ともあれ、又兵衛にはいま一度会うてみたいものだ」

輝政が、好奇心を露にした。

「お召しかかえになるのでございますか」

阿国の顔が、微かに色づき綻《ほころ》んだ。

「又兵衛が望めばな。阿国がそれほど見込んだ男、家臣どもの鑑《かがみ》ともなろう」

「細川家と同様、徳川さまから放免せよとのお達しがあった場合には、いかがなされます」

「江戸は江戸、姫路は姫路よ。明《みん》の新しい学問陽明学《ようめいがく》では、主に罪があれば、それを排し、まつりごとを改め、誅《ちゅう》するもよし、とある。長政殿に非があれば、又兵衛が出奔するも、誅するも、至極道理にかなった行ないなのだ」

「ならば、黒田が言ってこようと、徳川が言ってこようと、又兵衛は手放さぬと」

「無論だ。この輝政、そのくらいの肚は持ち合わせておるわ」

輝政はそう言って、いかにも頼もしそうにからからと笑った。

出雲阿国は、その輝政の血色のいい誇りに満ちた顔をじっと見つめながら、又兵衛のために尽くせた悦《よろこ》びを、心ひそかに噛みしめていた。

7

又兵衛が山陽路を上って姫路の城下町に達するや、すぐさまその宿に、池田家から丁重な迎えの使者が訪ねてきた。

又兵衛は、しばらくの間は仕官する気にはなれないと、丁重に断わり続けたが、池田公はそれでもひと目会いたいと言っているらしい。

又兵衛とて面識もあり、書簡のやり取りもしたことのある間柄なので、頑《かたく》なに拒み続ける気にもなれず、ともあれ招きに応ずる旨を使者に伝えると、使者はことのほか顔を綻ばせて帰っていった。

城に登り、あらためて輝政に会ってみると、又兵衛はこの人物の人となりにすぐに心和《なご》むものを感じた。

裏表のない高潔な人柄は、又兵衛の実直さに相通じるところがある。輝政は武略にも造詣《ぞうけい》が深く、歴戦の強者《つわもの》、しかも実戦的な知識ばかりで、又兵衛の体験とも重ね合わせて話はどこまでも弾む。

又兵衛も、すっかり打ち解けて、気がつけば数刻を輝政と談笑していた。

「このたびのこと、事情は聞いておる。ことに阿国の話には、そなたの心中が窺い知れて、思わず涙したほどだ」

憂《うれ》い顔で又兵衛を見つめ、輝政は嘆いた。

「出雲阿国どのでござるか」

又兵衛は、意外な名に思わず言葉を詰まらせた。思えば、阿国とは一年ほど前、福岡の城で別れたきりである。

「あの女人、どうやらおぬしに惚れ込んでおるようだ。まるで我がことのように熱心に、そなたの仕官を勧めて帰ったぞ」

「あいや、これは」

又兵衛は顔を赤らめ、後ろ首《くび》を掻《か》いた。

「そなたが仕官にあたり、あれこれ案じておることは承知している。黒田家が放免を要求してこようと、将軍家が間に入ろうと、儂はまったく動じぬぞ」

「正直に申して、堅苦しい宮仕え、今さら……」

「儂も堅苦しいのは嫌いだ。なんの、当家にてぶらぶらしておればよいではないか」

「それでは、ご家来方の手前……」

「よいのだ。そのほうがな」

「と、申されると」

「そなたは、当家の客分のままでおればよい。当家では、これより後、学問所を開き、武芸両道の師を多く招いて、学問を講じていただくつもりだ。そなたは、軍学をはじめ武芸百般に通じている。当家の若者にぜひともそれを講じてほしい」

「それならば」

又兵衛は、輝政の機略のみごとさに膝を打った。

「謝礼だがな。どうだろう、五千石ほどで」

「五千石――」

又兵衛は、呆《あき》れ顔で輝政を見つめた。

「不服か」

「いえ、軍学の師へ五千石など、聞いたこともございませぬ」

輝政は苦笑いして、又兵衛を見返し、

「いずれ、時が移れば客分から家臣ともしよう。ほとぼりが冷めたならばな。だがこのこと、他言は無用だぞ」

輝政は大きく伸びをし、屈託なく笑いながら、また又兵衛に盃を勧めた。

又兵衛は、とりあえず姫路城下に屋敷を賜《たまわ》り、藩の講堂で軍学の講義を始めるとともに、客分としてたびたび輝政の元に召され、武勇談から太閤の思い出まで、あれこれと四方山《よもやま》話に花を咲かせる日々を送った。

市助は、広い屋敷の中を駆けずり回り、食事の支度から掃除洗濯まですべてを一人でこなす。

又兵衛は、

「また、何が起こってこの地を離れるかわからないので、人を雇い入れることはやめておこう」

の一点張りなのであった。

刺客の襲撃はぴたりとやんだ。その代わり、又兵衛は奇妙な男の来訪を受けた。

それは、又兵衛が城の外郭にほど近い、とある藩重臣の屋敷に招かれて、槍談義に興じ、酒を振る舞われて帰り路《みち》についたその夜道でのことである。

又兵衛が、市助を待たせて堀に向かって放尿をしていると、脇の赤松の樹上に気配があった。

「人の小便を覗《のぞ》くとは何奴《なにやつ》！」

振り向きもせず、又兵衛が大声で怒鳴った。

その声に、市助が慌てて腰の刀に手をかけた。

「出てこぬと、この槍で下からひと突きにしてくれるぞ」

肩にもたせかけた赤柄の大槍を握りしめ、又兵衛はやおら樹上を振り仰いだ。

深い夜陰に包まれた樹上は暗く、人影は見えない。風のない夜で木々の葉音ひとつなかった。

「みごとな隠形《おんぎょう》ぶり。ただ者ではないな。忍びか」

又兵衛の言葉に、市助があらためて体を強張らせると、小石を拾い上げて樹上に投げつけた。ところが、なぜか葉音もなく、石が落下した形跡すらもない。樹上の者が、石を受け止めた、としか考えられなかった。

「よかろう。いよいよ、儂の槍で串刺しにされたいと見える」

又兵衛が、ぶんと槍をひと振りし、ごりごりと長柄をしごくと、ようやく樹上でごそりと音があった。

「姿を現わしたな、素ッ破《すっぱ》（忍びの者）。いずれ黒田に雇われた者であろう。樹上で命を落とすとは、不憫《ふびん》な奴よ」

又兵衛が、探るように二突き、三突きすると、

「おお、たまらねえ」

いきなり、樹上からしゃがれ声が闇に響きわたった。

「何がたまらぬ」

「こんなおっかねえ人をつけ狙っていたんじゃや、命がいくつあったって足りっこないっていうことですよ。耳すれすれ、首すれすれに突いてきやがる。今、ふぐりすれすれに突かれた時にア、命がねえと思いましたぜ」

よく聞けば、その声はけっして若くはない。むしろ老人を思わせる枯れた声である。

「ふむ。うぬは、黒田の回し者か」

又兵衛が、野太い声で叫んだ。

「そのようで。烏《からす》と申します」

「烏か。道理で、闇夜ではその姿が見えぬと思うたぞ。だが、そこまで名乗ってどうするつもりだ。命請《ご》いか」

「それもありますが、こうなれば、旦那に仕官のお願いで」

「仕官だと？」

呆れた声でそう言うと、又兵衛はからからと笑い出した。

「浪人同然のこの儂に仕官とは、まったくもって奇妙な烏だ」

「殿様、こ奴を信用なさってはいけません。何か企《たくら》んでいるようで」

市助が、険しい眼差しを樹上に向けた。

「いえいえ、たしかにあっしは甲賀《こうが》の忍び、金のためには命も張りますし、人も騙《だま》します。だが、今回ばかりは、気に入らない仕事で。旦那の後をこっそりつけて、お人柄を見てまいりましたが、どうにも命をつけ狙うには気が引けて。あっしは旦那のお人柄に惚れました。どこに惚れたか、じつのところ、あっしにもわからねえんです。とにかく、あっしらのような素ッ破ふぜいには、とても想像のできないお人柄なんで」

「己を殺し、身を捨てて忍ぶ素ッ破が、なぜそのようなことを申すのだ」

「忍びも人間でさあ。思いどおりに生きてみたいんですよ。それにこの喧嘩、どう見ても、旦那のほうが筋が通っております。それでまあ、鞍替《くら》えすることにしました」

「鞍替えか。だが、儂は浪々の身だ。人を雇い入れる余力などない」

「旦那も長い浪人暮らしでケチになられましたな。ここの池田輝政様から、客分とはいえ扶持《ふち》をいただいておられることを、知っております。そこの石投げの名人だってお雇いになってらっしゃる。もう一人が雇いきれねえわけはない」

　烏が、樹上から市助の足元に石を投げて返した。

「だが、いつこの地を追い払われるか、知れたものではないぞ」

　又兵衛はあくまで突き放した。

「構いませぬ。あっしは旦那の様子をずっと小倉から見てまいりましたが、旦那なら、その気になれば、一万石や二万石の俸禄はゆうにもらえるお方だ。その旦那の家臣になっておけば、いずれ五百石、千石取りに出世することだって夢じゃありませんや」

「ずいぶんとしっかりしているな」

「忍びにだって、夢はあります。徳川に尻尾《しっぽ》を振って取り立てられた服部半蔵《はっとりはんぞう》を見てごらんなさい。織田家ではここの池田公と同格だった滝川一益《たきがわかずます》だって、もとはといえば忍びだったというじゃありませんか」

「ううむ」

又兵衛は唸った。この鳥、言葉も達者だが、知恵も回る。それにあれこれ世情にも通じているらしい。

(面白い。雇い入れるか)

と、又兵衛は思った。

「雇ってくださいまし。その代わり、手土産にいい情報も差し上げます」

「ともあれ、下りてまいれ。姿も見せずに雇い入れよ、とはふてぶてしい。まずはその面構えを見てからだ」

「へい」

黒い影が葉影ひとつ揺らさず、地上に下り立った。

黒装束に黒脚絆《きゃはん》と黒ずくめで、しかもその顔がまたやけに黒い。陽に焼けて黒い、というより地黒の黒さなのであった。見れば、しゃがれ声のとおりかなりの年配である。削《そ》ぎ落としたような細い骨だらけの顔の中で、白目がちの眸《め》が浮かび上がっている。

と思いきや、その片方の目には、眼球がなかった。

「薄気味悪い目だと、お笑いにならないでください。これは、忍びの修行中に、手裏《しゅり》剣《けん》を突き刺しちまったもんで。おかげで、とんとものの距離が摑《つか》めません」

「それで、よく忍びが勤まるな。飛び道具など的《まと》が狙えまい」

市助が、敵意を剝《む》き出しにした。

「それが、そうでもないんで、市助さん」

言って、烏は懐《ふところ》から分銅のついた細い鎖を取り出し、いきなりくるくると回し始めた。先端の分銅が一周するたびに葉一枚をみごとに叩き落として、戻ってくる。

「こいつで距離感を摑むんですよ。どうです、旦那。この見切り、この鎖の技を買ってはいただけませんか」

又兵衛は、あらためて烏を見やった。

槍も刀も、突き詰めれば見切りである。敵の槍先を、剣先をかわして、踏み込み、槍を、剣を自在に振るって敵を倒すためには、まずもって見切りの技量を上げなければならない。

その見切りを、この烏は完璧に掌握している。しかも、片目でである。

この腕なら重宝《ちょうほう》な働きをするだろう、と又兵衛は思った。

「おまえの好きにしろ」

又兵衛が苦笑いしながら言うと、烏は浅黒い小づくりの顔をくしゃくしゃにして喜んだ。その笑い声は、その名のとおりまるで烏のようにも聞こえる。よく見れば、無気味な笑顔であった。

「で、土産話とは何だ」

「へい、このあっしが現われたことで察しがつかれたかと存じますが、旦那のことでは、黒田の殿様もかなり執念深くお怒りのご様子で。甲賀の忍びを、新たに多数雇い入れておられます」

「そのようなこと、お前を見れば、よくわかる。それにしても、お前は味方を裏切って大丈夫なのか。仲間につけ狙われはせんのか」

「まあ、そういうことになりましょう。だが、あっしも烏、そう簡単には、若造どもには正体を掴ませません。それよりも、忍びについては、旦那にもよくその戦法を知っておいていただきたいんで」

「忍びの戦法か」

考えてみれば、百戦錬磨の又兵衛も、忍びを相手に渡り合ったことはまだない。たしかに初めての相手には、用心が過ぎることはないのである。

「まず、忍びの特徴は、何だとお思いでございますか、旦那」

「動きの素早さ、それに意外性か」

「ご推察のとおりでございます。旦那には、その思いがけねえ動きにご用心いただきたいので」

「うむ」

「旦那の武器が槍というので、まず忍びは上から襲いかかりましょう」

「上か。なんの、来る者、来る者、串差しにしてくれるわ」

又兵衛が飄然《ひょうぜん》と言った。

「ならば、二人同時、三人同時に迫ってきたら、どうなさいます。槍は一本、しのぎきれません。忍びは平気で、そういう命を軽んじる攻撃を仕掛けてくるんでございます」

「ううむ」

又兵衛は、低く唸った。忍びというもの、たしかに常識をはるかに外れた輩《やから》のようである。

「よかろう。十分に注意しよう」

「へい。それと、いまひとつの土産話は、出雲阿国のことで」

「なに、阿国――」

「旦那が向かうその先々で、あの歌舞伎者が、大名方に吹いているようで」

「吹いていると」

「悪いように言っているんではなく、旦那は凄い、と大名方に売り込んでいるようなんで」

「なぜ、そのようなことをする」

「あっしの見たところ、欲得ずくではございませんや。相手は女。はて、なぜでございましょう。旦那も、隅におけません」

「儂に惚れたとでも申すか」

そこまで言って、又兵衛はカラカラと高笑いを始めた。

出雲阿国といえば、その舞いは天下一と讃《たた》えられ、帝《みかど》から将軍、有力諸大名までひいき筋が多い。黒田長政も昵懇《じっこん》で、たびたび福岡の城に呼び寄せていた。

それだけの女であるから、色恋の噂も絶えることがない。又兵衛も旅の途中で、阿国が、槍の名人名古屋山三郎《なごやさんざぶろう》という眉目秀麗《びもくしゅうれい》な若衆と華やかな恋に落ちたという噂を耳にしていた。

その阿国が、五十路《いそじ》を越えた全身傷だらけの浪人者に惚れるはずなどありようもない。

又兵衛には、烏の戯《たわむ》れとしか思えなかった。

「儂をからかうのはやめにいたせ」

「いえいえ、これはまことのことで。あっしも解《げ》せぬ話と思っていたのですが、あれこれ調べているうちに、ますますそうとしか考えられないようになりましてね。とにかく旦那が直接、阿国の芝居小屋を訪ねてみることでございましょう。阿国はこの姫路に逗留《とうりゅう》しております」

「この姫路に――」

又兵衛は、意外なめぐり合わせに驚いた。

「そのほうはどうする」

「あっしのことはお構いなく。いろいろ、旦那の家来として、黒田方の動きを探ってまいります。あっしも気楽な立場でお仕えしたほうが性に合っていますんでね」

「ならば、当座の支度《したく》金だ」

又兵衛が五両の金を烏に手渡すと、烏はニヤリと微笑んで、その黒々とした姿態を闇に溶け込ませ去っていった。

「いいんですか、あんな奴」

市助は、あくまでも信用が置けぬと、烏の消えた闇の奥を唇を歪めてじっと見つめているのであった。

8

奇妙な片目の忍者、烏が加わったものの、又兵衛の生活にさしあたってこれといった変化は見られなかった。

客分であるから、家臣もなく、身軽な立場で藩とかかわっているだけでいい、家臣の中には、又兵衛が客分の立場を隠れ蓑《みの》にしているものの、いずれは重臣として正式に池田家に招聘《しようへい》されるものと考える者が多かったが、それとて表立って不満を述べる者はいなかった。

烏は十日に一度ほど、ひょっこりと又兵衛の屋敷に現われては、黒田方の刺客の動きを伝えてどこへともなく去っていく。

その情報は、忍びらしくよく調べ上げた、信頼できるものばかりであった。

烏の報告では、刺客の忍びは、又兵衛の所在をとうに調べ上げて、襲撃の準備を整えているが、池田家との対立を避けるために、しばらくは様子を窺うだろうとのことであった。

烏は、どうやらかつての忍び仲間の中に入って、二重に敵を欺《あざむ》いているらしい。

（面倒な。来るなら、早く来るがよい）

又兵衛は、刺客の慎重な動きに苛立ちを覚えた。

敵は忍びだけに、油断はならない。それなりの警戒心を長く抱き続けることは、相当に疲れることである。

そんな表向きは平穏なある日のこと、又兵衛はふらりと姫路の城下に足を延ばし、白鷺《しらさぎ》が翼《つばさ》を広げたような美しい城郭の見える町並を散策した。

しばらく城を背に町の繁華街に向かって歩いていくと、赤、青、黄色と、目にも鮮やかな幟《のぼり》を立てた芝居小屋が目に止まった。

出雲阿国の一座である。又兵衛の記憶に残る阿国は、つねに華やかな気配に取り巻かれていたが、こうして地方の一城下町に小屋を建て、幟をはためかせている様子は、妙にもの寂しくもあった。

又兵衛は、ふと阿国に懐かしさを覚え、芝居小屋の暖簾《のれん》を潜《くぐ》った。

小屋の中は、公演前の準備にごったがえしていた。地べたの上に筵《むしろ》を敷いただけの仮設小屋であるが、それでも五百人を超える見物客を収容できる広さがある。

舞台の上は、座員が稽古の真っ最中であった。

一座の若い男女の舞いに続いて、いよいよ阿国が姿を現わした。

阿国は稽古に没頭していると見え、小屋の隅に立つ又兵衛にはまだ気づいていない。

今日の稽古は、台詞《せりふ》もない奇抜な演出で、しかも衣装もこれまでになく傾奇《かぶ》いたものであった。

阿国は、男ものの小袖に皮の襦袢《じゆばん》、南蛮《なんばん》装束の黄金のマントを着け、首からは大きなクルスを下げている。主役となる若衆の装束は、鮮やかな朱と黄金を染め込んだ、京で流行《はや》りの辻《つじ》が花《はな》である。

又兵衛は、舞台の艶《あで》やかさに目を見張った。

（なんとも麗《うるわ》しい……）

なにげない仕草、言葉遣い、その言葉の響き、すべてが阿国独特のもので、しかも当の阿国は、己の魅力を知り尽くし、いかに華やかに演じてみせようかと腐心しているようである。

それでいて、観客に媚《こ》びるところはまるでなく、堂々として、しかもしなやかなのである。

（生来《せいらい》の芸人、生来の舞い姫がここにいる）

又兵衛は深く得心するとともに、

（この女は、新しい日本が育てた新しい女なのかもしれぬ）

と思った。太閤の時代から徳川の世にかけての三十年ほどの歳月は、どうやらこの国にまったく新しい文化と人間を生み出しているらしい。

（それにひきかえこの俺は、武辺一途《ぶへんいちず》の頑固者よ）

つくづくそう思ううちに、

（己も変わらねばならぬ。このままではただの頑固者で生涯を終えるわ）

と、又兵衛はあらためて心を新たにするのであった。

（武士も町人も百姓もない。男も女もない。あるのは、一人の人間だ）

そう思って、ふたたび舞台を見上げる又兵衛に、

「又兵衛さま――ッ」

阿国が手を振っていた。稽古にひと息入れた阿国が、又兵衛に気づいたのである。

「又兵衛さまではございませんか――ッ」

子供のように屈託なく手を振る阿国の姿に、又兵衛は旧知の友に似た親しみを覚えて、大きく手を振り返した。

9

その夜、又兵衛は、芝居小屋の男の案内で城下の小料理屋に足を運んだ。

「舞台がはねるまで待っていてほしい」

と、阿国が又兵衛に懇願したからであった。

茶の心得のある宿の主《あるじ》の趣向が生かされた庭が眼前に広がり、町中とは思えない静けさが又兵衛の心を和《なご》ませた。

膳が用意されて、又兵衛が盃を傾けていると、さっきとはうって変わった落ち着いた浅葱《あさぎ》色の小袖姿で、阿国が又兵衛の前に現われた。

福岡の城を離れて以来時も移り、阿国はいつのまにやら女らしさを加え、その艶《あで》やかさに円熟味が増している。

それでいて、かつてはなかった、もの静かな風情《ふぜい》も漂《ただよ》い、陰影のある面影には思慮の深さが偲《しの》ばれる。

「芝居も、いっそう円熟の境地のようだな、阿国」

「又兵衛さまのお励ましに、旅の疲れも取れる思いでございます」

そう言って微笑みながら、阿国はすっと又兵衛に寄り添って、徳利の酒を又兵衛にすすめた。

阿国の満面の笑みは、又兵衛と再会できたことの嬉しさを飾ることなく伝えている。又兵衛は、出会って二度目とは思えない互いの打ち解けぶりに、不思議な縁を感じていた。

「あの折、この阿国が又兵衛さまとばかり話し込んでしまったことで、長政さまのご不興を買ってしまいました。すまぬことでございました」

「なんの、酒席で遠慮をするようでは、我ら二人の仲もあれまでのことであったのよ」

又兵衛は、阿国の注いだ酒を一気に仰いだ。

「あれからあと、わたしは、福岡から南に下って、熊本、鹿児島と渡り歩き、ふたたび福岡に戻りました。ところが、又兵衛さまはすでに出奔された後、領内はそのことでもちきりでございました」

「そうであったか」

「又兵衛さまに、ぜひともう一度お会いし、お詫びをしようと、お姿を探して旅を続けてまいりました。又兵衛さまのご生地であるこの姫路で会えるのも何かの縁
――」

「拙者の出身地をよく知っていたな。嬉しく思いますぞ」

「又兵衛さまのことは、もっとたくさん知っております。身体じゅうの矢傷刀傷が凄まじいばかりとか」

「傷か」

又兵衛は子供のように赤面した。その又兵衛を、阿国は目映《まばゆ》そうに見つめると、

「又兵衛さまのことを考えるたびに胸がうずいて困りました」

阿国もまた微かに頬を染めた
「あれから一年余り、どれだけお会いしたいと思うたかしれません」

「なに、人間、この世に生を享《う》けた時から独《ひと》り、たとえ主家を出奔して浪人になろうとも、どのようにも生きていける」

「話をはぐらかせますな。私が又兵衛さまに惑わされる理由は……又兵衛さまに惚れてしもうたからにござります」

阿国は又兵衛の肩に顔を傾けた。

「拙者など、阿国どのに思いを寄せていただけるような男ではない。戦さしか知らない無骨《ぶこつ》もので、そのように伊達《だて》な恰好ひとつできぬ」

「傾奇いた身なりの男なら、わたしはいくらでも知っております。まことの傾奇き者

は、むしろ又兵衛さま。いえいえ、傾奇くなどとは、又兵衛さまに失礼。己一途に生きるあなた様のお姿に心ひかれるのでございます」

「しかし、阿国どのとは、福岡の城で一度お会いしたきり。拙者のことをなぜそのようにおわかりいただける」

「まだまだ又兵衛さまを知ったとは思いませぬが、又兵衛さまと同じクルスを持っているからかもしれませぬ」

そう言って、阿国は、首に下げた大きな黄金の十字架を掌《てのひら》に載せて見せた。

「阿国どのはキリシタンか」

「いえいえ、これは己の内なる声に忠実に生きる者の証し」

「それならば、拙者のクルスも同じ。亡き官兵衛殿からいただいた」

と言って、又兵衛は自分のクルスを胸から引き出し、二人のクルスを見較べた。

「して福岡に戻られた折、長政はいかがでした」

又兵衛はすすめられるままに、二献目の盃を仰いだ。

「それが不思議なのでございます。長政さまに呼ばれ、ふたたび酒宴の席を設けていただきましたが、その折は、又兵衛さまの悪口雑言《あっこうぞうごん》、長政さまからいっさい聞かれなかったのでございます」

「ほほう」

又兵衛は、阿国の言葉に頬を緩めた。

「長政さまは、察しまするにいまだに兄弟のごとく、又兵衛さまを好いておられるように思われます」

「拙者も、いまだに長政を弟のようにいとしく思っておる」

又兵衛はまた、心地よげに一献めを仰いだ。

「お二人は、不思議なご関係なのでございますね」

心を覗くように、阿国が又兵衛の双眸をうかがった。

「ただ、側近の村瀬九郎左さまは、又兵衛さまを悪《あ》しざまに言っておりました。なんとも憎々しい御仁《ごじん》で。長政さまに取り入りたい一心と見受けました」

「で、その折、長政は」

「黙って聞いておられるのみでございました」

「それでよいのだ。長政とはそういう男、まったくな。そのように、ずっと割り切れておればよいものを」

「あのお方は、おそらく又兵衛さまをいまだに兄のようにお思いゆえ、鬱陶《うっとう》しくもあり……」

「うむ……」

又兵衛は、低く呻《うめ》いて口ごもった。

「ただ、福岡の城下で聞いた話では、又兵衛さまを討つため放たれた刺客の数は、すでに十人を超えたとか。巷《ちまた》の噂ゆえ、当てにはできませんが」

「その話、あまり狂いはあるまい」

「又兵衛さま――」

阿国が真顔で又兵衛の顔を覗いた。

「なんだ、阿国どの」

「京においでくださいませ」

「京に……はて、それはなにゆえ？」

「これまでわたしは、又兵衛さまの仕官のために、できうるかぎりのことをして差し上げたいと念じておりました。しかし、それは今日このときよりやめることにいたしまする」

「やめる？」

「又兵衛さまがどこかの家中に仕官なされては、容易にお会いすることもかないませんせん。むしろ、仕官などせず、京で気ままにお暮らしくださいませ。そのほうが……」

「京で何をして暮らせと」

「それは、何なりと。われらの一座にて一座の護《まも》り神となり、お好きに振る舞われるのも一興」

「ほほう、用心棒か」

又兵衛は屈託なく笑った。

「天下の槍名人後藤又兵衛が一座を護ってくださるなら、鬼に金棒でございます」

「戯《ざ》れ言《ごと》を。池田公に義理が立たんぞ」

「さようでございましたな」

阿国も又兵衛につられて笑いはじめた。

「では、戯れ言ついでに、もうひとつ申し上げてよろしゅうございますか」

「何でも言うてくだされ」

「このように正面を向いていては、恥ずかしくて言えません」

阿国は頰を染め、顔を伏せた。ぞくりとする色香に、又兵衛は歳甲斐もなく息を詰まらせた。

「好きなようになされませ」

阿国は、もう又兵衛の返答も待たずに、にじり寄っている。それを又兵衛が大きな胸で抱き込むと、阿国は又兵衛の胸に頰を擦り寄せ、白い脚を投げ出した。

「又兵衛さまに、あたしの想い人になってほしい……」

「いやいや、それはならぬ」

又兵衛は、照れたように笑って阿国の白いたおやかな手を払いのけた。

「おいやでございまするか」

「いや、嫌いなどとそのような。だがこの儂は、池田家の客分とはいえ、落ち着かぬ身。そなたを想い人とする甲斐性など今の儂にはない」

「なんと申されます。又兵衛さまとも思われぬ申しよう。恋路に客分も浪人もありましょうか」

「しかし」

「なにかほかに又兵衛さまには気になることとでも」

「阿国どのには、槍の山三《さんざ》とか申す好き合うた男があるとか。この老いぼれを弄《もてあそ》んでどうされる」

「情けのうございます。阿国の心はもとより又兵衛さまひと筋。女人に槍は二振りもいりません。又兵衛さまの強く逞《たくま》しい槍さえあれば、おなごはもう本望……」

阿国が、又兵衛の懐《ふところ》にもぐり込ませた手で、又兵衛の濃い胸の体毛を撫《な》で上げた。

「お噂どおり、このようなところにも刀傷が。頼もしゅうございます」

又兵衛の胸に唇を寄せると、阿国は熱い吐息を又兵衛の胸にかけた。

「よいのか、山三は——」

かき抱《いだ》いて又兵衛が言った。

「山三との仲は、興行《こうぎょう》のためのつくり話、とうにわたしは、醒《さ》めてございます。このまま想い人の素振《そぶ》りはせねばなりません。山三は、一座には欠くことのできぬ人気者。醒めていながらも、山三は、一座には欠くことのできぬ人気者。それが辛《つろ》うございます。おお、そうじゃ。いつか、又兵衛さまから山三に槍の指南をしてくださいませ。あの男は気性が荒く、あちこちで喧嘩をして困ります。あの腕では、京や江戸の傾奇き者に敵《かな》うわけはありません。斬り殺されぬ前に」

「よかろう」

言いながら、又兵衛はそのいかつい手を阿国の衿《えり》の間に割り入れていった。

又兵衛はいつしか、胸の炎《ほむら》に身をまかせる覚悟を決めていた。又兵衛の掌の中に柔らかな阿国の胸の双房が触れると、もはや又兵衛の男気は抑えられそうもない。割れた衣服の裾からのぞく白い股間に手を滑り込ませると、阿国は喘ぎをはじめた。

「ひと思いに又兵衛さまの槍で突かれたい……」

阿国の声は半ば掠《かす》れて、又兵衛の耳には届かなかった。

すっかり夜陰の落ちた離れの庭では、秋の風がひゅうひゅうと、切なげに音を立て、乾いた夜空を横切っていた。

10

後藤又兵衛にとって、姫路での暮らしにこれといった不満はなかった。正式の仕官ではなかったが、客分として、充分の手当と処遇を受けている。藩士からも敬愛されて、又兵衛の毎日は、久方ぶりに落ち着いた快いものであった。

藩主池田少将輝政の元に、黒田長政からしきりに放免の申し出が届いているようであったが、輝政は取り合う様子もなかった。

徳川将軍家からも、内々に放免するよう要請があったようであったが、もともと仕官しておらぬ者ゆえと、輝政は丁重に断わっている。

それでも長政は懲《こ》りず、家康と京二条城で対面した折、この件を持ち出して、徳川家康の仲介を迫った。

家康は村越直吉《むらこしなおよし》という者を姫路に遣《つか》わして、あらためて、又兵衛の放免を求めた。

だが、輝政も頑なであった。もとより筋の通らぬ話であり、力ずくで解決を求める問題ではない。

輝政は、家康からの要求を無視し続けた。

かくして又兵衛の生活はここに定まったかに見えた。だがその矢先、この不安な緊張関係はある日突然に崩れた。池田輝政が病《やま》いに倒れ、突如急逝したのである。後を継いだのは輝政の子供の武蔵守利隆《としたか》で、まだ若輩《じゃくはい》であった。補佐をする家老たちが、又兵衛を藩内に留め置くことを案じはじめたのである。

かくなるうえは長居すべきにあらず、と腹を括ると、荷物をまとめ、市助を連れて城下をあとにした。

しばらく姿を現わさない烏には、ことの次第を告げることはできなかったが、忍びのこと、行方を追うにさしたる造作はあるまい、と又兵衛は気にとめなかった。

又兵衛、市助の主従は、一年半の歳月を過ごした姫路の町をあとにし、一路山陽道を東に向かった。鎧兜《よろいかぶと》一式と、日々の雑貨や衣類を詰めた笈《おい》を市助に背負わせ、又兵衛は赤柄の長槍を肩に担いで進む。

長らく姫路に居ついたためか、あらためてあてどない旅に出ることに、わずかな心の苦痛を覚えたが、旅を続けるうちに、いつしか又兵衛の中に折り重なって溜《た》まっていた煩《わずら》わしい世間知や人間関係への配慮が一枚一枚剝《は》がれていき、ついには、ふたたび自由な身となって旅に出られたことの嬉びを又兵衛は噛みしめるのであった。

（なぜ、あのような思いをしてまで、客分として留まっていたのであろう）

又兵衛は、輝政が死んだ後の家臣たちの冷たい視線や、辛い当てつけを思い出し、ぞっとした気分になった。

西国の明るい街道はあい変わらずの賑《にぎ》わいであったが、一年半ほど前と違い、浪人者の姿がいやに目立った。

大きな改易でもあったのだろうか、畿内に向かう街道の随所にたむろするおびただしい数の浪人衆は食べる物にもろくにありついていないらしく、どの顔も精気がなく、悲惨な生活ぶりが窺えた。

垢《あか》のこびりついた衣服も、伸び放題の髭面も、いずれ又兵衛の明日の身かもしれない。

ふと、重苦しい気分に浸る又兵衛ではあったが、今からそのことを案じたところで如何《いかん》ともしがたい、と思い返した。

仕官しなければ、禄が得られぬ。禄がなければ、飯も食えぬ。飯が食えなければ、飢えて死ぬ。

ここまでは理屈であるが、

——自由がなければ魂が死ぬ。

これも、又兵衛はわかっている。

(ならば、魂を取るわ)

そう己に強く言いきかせて、又兵衛はしきりに不安を圧《お》し殺した。

又兵衛主従は、姫路から播磨の国を横断し、明石《あかし》城下まで達しようとしていた。

ここまで来ると、畿内もほど近く、海の色は心なしか重くくすんで見えるが、町の賑わいはいちだんと増した感じである。

陽ははや山の端《は》に沈みかけ、薄明の中、足元もさだかではない。明石まで急がないと野宿しなければならなくなる。

そう思い、又兵衛と市助が足を早めたところで、街道の向こうから、見覚えのある男がこちらに向かって駆けてきた。薬売りの行商人に身をやつした烏であった。

甲賀の忍びは薬の調合に秀でており、薬売りに身を変じて諸国を行脚《あんぎゃ》し情報を集める、と、又兵衛は聞いていたが、そのものずばりの薬売りの恰好とは、呆れた話である。

(敵の忍びから見れば、烏の姿は丸見えではないか)

それにしても、近づいてくる烏の表情はいつになく堅い。

「どうした、烏」

擦《す》れ違いざま又兵衛が声をかけたが、烏から返答はなかった。

行き過ぎて四半刻《とき》（三十分）ほど後、今度は放下師《ほうげし》（禅僧）のなりの烏が、ふたたび険しい顔でこちらに向かってくる。

なるほど、敵に言葉を交わすところを見られてはまずいのだな、と思い、先刻と違って何喰わぬ顔で烏をやり過ごすと、烏は擦れ違いざま、小さく丸めたこよりを市助に向けて投げつけた。

「どうやら、見張られているらしいな」

そう言って、又兵衛は市助を街道沿いの松の木陰に呼び寄せて、ともにその付け文を読んだ。

「何と書いてあるんです」

市助は、文字が読めない。

「ふむ。この先、甲賀者が潜んでいるらしいので用心するように、と書いてある」

さりげなく言った又兵衛の言葉に、市助がギョッとして顔を強張らせた。

「だが、まだ襲っては来るまい」

又兵衛が、にやりと笑って市助の肩を叩いた。

相手が忍びとなると、まずは夜襲となろう。

忍びは盗賊や追剝《おいはぎ》がその由来というし、当然のことながら夜陰にはめっぽう強い。

(忍びと闘うとは、思いもよらぬことになったものよ)

そう思いつつも、又兵衛はあらたまって身構える気にはならなかった。

奇計を講じて襲いくる者に対して、どんな準備があるというのか。頼るは、なじみの槍と腰の斬馬刀よりほかにないのである。

海沿いの街道にもすっかり闇がおり、潮騒《しおさい》の中、微かな月明かりだけが往《い》く道を照らしている。

街道沿いの松並木にはどれにも忍びの者が潜んでいるようにも見えるが、襲撃はまだなかった。刻々と時が過ぎるにしたがって、市助は、緊張に堪えきれずに、又兵衛の背にへばりついてくる。

「飛び道具で狙われたら、ひとたまりもありませんや」

市助はそう言うが、この闇の中では狙うほうも容易ではない。

海風がひやりと肌寒い。又兵衛は身をひきしめて前方を見やった。

彼方に、小高い山の稜線が黒々と見えていた。街道は海岸を外れて、山中に入っていく。

「どうやら、あの辺りが、狙い目であろうな」

又兵衛は、市助に松明《たいまつ》を灯《とも》させ、足元を照らさせた。

分け入った山中は、枝ぶりのよい松が鬱蒼《うっそう》と生い茂り、月明かりも届かない闇の中である。

「気味が悪うございますな」

「うむ。忍びは人にして人にあらずと聞くしの」

「そんなことを申されても……」

市助の震えはもう極限に近い。

「戦さとは気味の悪いものよ。人と人が殺し合うのだからな。儂はこれまでも、一度として気味悪い思いをせずに闘ったことなどない」

「さようではございましょうが……」

「気を散らすな。気を散らせば油断が生まれる。油断が生まれれば、命がないぞ」

又兵衛は市助を叱咤《しった》した。

と、次の瞬間、ざざっと灌木《かんぼく》の茂みが鳴って、前方に人影が三つ、いきなり闇の中に浮かんで、そのまま亡霊のように迫ってくる。

「松明を捨てろ」

叫ぶや、又兵衛は抜刀して、市助の前に回り込み、忍びの前に立ちはだかった。

松明を闇に放り投げた市助が、そのまま地に這う。

迫り寄る三人のうち、一人の姿がいきなり宙に浮いた。

三人人馬と呼ばれる忍びの跳躍法で、助走してくる者を、二人が屈《かが》んで勢いよく上方に投げ上げるのだが、又兵衛はもちろんこの忍びの術を知るよしもない。

二間《けん》（約三・六メートル）もの高さを跳ね上がった忍びは、その時いきなり石つぶてを食らい、宙空で呻いた。市助の放った印地《いんじ》打ち（小石）が額《ひたい》に当たったのである。

「でかした、市助！」

又兵衛が、闇の中で叫んだ。

忍びはそのまま頭上から忍び刀を上段に取り、叩きつけるようにして斬り下ろしてくる。

又兵衛は体《たい》を傾けてその剣先をかわし、咄嗟に槍を捨てて斬馬刀を真横にないだ。

忍びの首が、刀の刃に乗るようにして、又兵衛の払った刀の方向に飛んでいった。

今度は、忍びを上方に跳ね上げた二人の忍びであった。

前方から、飛び足で、跳ねるように二人同時に突っ込んでくる。

足音はまるでなかった。足袋《たび》の底にぶ厚く真綿をいれているのである。

又兵衛は、すでにその時、槍を拾い上げていた。巨大な円を描いて又兵衛が旋回させた大槍は、突っ込んでくる二人の忍びの胴を叩いていた。

一回転して引き寄せたその槍を、今度は矢継ぎ早に、崩れた二人の忍びの胸に突き刺していく。

串刺しにされた二人の忍びは、槍先が引き抜かれると、そのまま前のめりに崩れた。

だが、忍びの攻撃はそれで終わったわけではなかった。

又兵衛の後方の下生《したば》えが、乾いた音を立てるや、いきなり五人の忍びが背後から襲いかかった。

又兵衛の槍を避け、獣走りで一気に迫りくる。

獣走りは、両手両足を使い、猿や獣のように地面を跳躍する技である。このように走ると、夜陰では容易に見つからないし、攻撃を避けることもできるのである。

その時、巨大な又兵衛の体軀が、いきなり大地から浮上した。

槍の長柄で、闇を跳んだのであった。

一気に迫った五人の忍びが、啞然として闇を仰いだ。

振り返って又兵衛の姿を追う忍びの頭に、市助の印地打ちがまたもや迫った。続けざまに、三人の忍びが頭を抱えた。

又兵衛の槍が、ふたたび虚空をないだ。

今度は、続けざまに振り下ろす又兵衛の長柄が、忍びの頭をしたたかに叩いた。

崩れるところを、又兵衛の田楽刺し《でんがくざし》がさらに迫った。胴を貫《つらぬ》かれた三人の忍びが、次々に力まかせに上空に跳ね上げられた。

残った二人が、いきなり、闇の中で叫びを上げた。これは、市助の印地打ちを受けたのではなかった。忽然と現われた一人の忍びが、二人に斬りつけたのである。

「旦那様――！」

烏の声であった。

「片付きましたぞ」

「まず松明だ」

又兵衛の命《めい》に、まだ火の残る松明を拾い上げると、烏は二人のところにやって来た。

「助勢、恩にきるぞ」

又兵衛が駆け寄ってきた烏の影に言った。

「家臣ゆえ、当然のことをしたまで。それより、これなら後藤様が倒される心配などありませんな」

烏が、闇の中にうずくまる骸《むくろ》を足で蹴って、その死に顔を確認した。

「うむ」

又兵衛が、そう言ってくんくんと鼻を鳴らした。血臭が、まだ森の中に重く沈んで、たまらぬ臭いであった。

第四章　兵法者の群れ

1

元和《げんな》元年（一六一五）五月六日、小松山に南からの生温《なま》かい風が吹きつけていた。その風に流されて山頂を被《おお》っていた霧がしだいに晴れてくると、後藤隊の眼下に、夥《おびただ》しい軍勢が蠢《うごめ》いているのが窺《うかが》えた。敵徳川方の軍勢である。

先鋒は、日向守水野《みずの》勝成《かつなり》の四千、続いて第二陣、本多《ほんだ》美濃守忠政《ただまさ》の五千、さらに続いて第三陣、松平忠明《まつだいらただあき》四千、第四陣は伊達政宗《だてまさむね》一万、さらに第五陣として松平忠輝《まつだいらただてる》一万八百が続く。

その大軍勢が、国分の山間を埋め、さらに一本の大蛇となって尾根と街道を埋め尽くし、遠く山の端の彼方まで延びていた。

これを見下ろすかたちで、後藤隊は山間《やまあい》の隘路《あいろ》に聳《そび》える小高い小松山に陣を張っている。

「敵ながらあっぱれな大軍勢だ。働き甲斐があるというもの」

又兵衛は、敵勢を眼下に見下ろしながら、腕を組み、満足そうにつぶやいた。

戦略的には、まさに又兵衛の狙いどおりであった。三万を超える東軍も、この隘路では横に広がることができず、数に劣る後藤軍と、先端部分で互角に戦わなくてはならない。

もし、真田隊が間に合っていれば、あるいは勢いに乗じて徳川家康の本陣までも切り込み、その首級を上げることも夢ではなかろう。

「どうだ、九郎兵衛。敵軍を前にした気分は」

又兵衛は、九郎兵衛を振り返り、味方の劣勢に動じる様子もなく微笑みかけた。

「足がすくむ思いがいたします」

「なかなか素直でよい。だが、九郎兵衛。この戦さ、我らが必ず負けると決まったわけではないぞ。この戦さとよく似た戦いが前にあった。今から三十余年前になるが、まだ南の小国であった島津は、北の大国龍造寺《りゅうぞうじ》と争うため、わずか二千の兵で沖田畷《なわて》に敵三万の大軍を迎え撃った。大将島津家久《いえひさ》は、敵を畑地の隘路に誘い込み、みごと敵将龍造寺隆信《たかのぶ》の首を上げた。島津の隆盛はその時に始まったのだ。あの時の戦法は、この合戦にも充分通用する」

「それを聞いて安堵《あんど》いたしました」

九郎兵衛はまっすぐに又兵衛を見つめた。

「よく聞け。戦さとは時の運、勝つ時もあれば、負ける時もある。勝ち負けにこだわらず、武士たるもの、己の本分を貫くために戦わねばならぬ」

「己の本分、でございますか――」

「そうよ。武士にとっては己の本分こそが大事。九郎兵衛は、この戦さ、何のために戦う」

「それは、豊臣家を護るためでございます」

「お前は、豊臣が好きか」

「この九郎兵衛、豊臣の家臣として生まれ育ちました。豊臣家以外に考える主家などあろうはずもございませぬ」

「そうであろうな」

「ならば、お聞かせください。後藤様の本分とは……」

「儂《わし》は旅を続けながら、己が武士であることがつくづくよくわかった。宮仕えをしていようと浪人であろうと、儂が侍以外の何者でもないことがよくわかったのだ」

「後藤様――」

又兵衛が見返すと、九郎兵衛の顔に悪童にも似たいたずらっぽい微笑みが浮かんでいた。

「私の親類の者が京におります。その者が、後藤様の噂をよくしておりました。四条の河原で兵法者を気取り、多くの他流試合をなされたそうな」

「あ、いや」

又兵衛は、困惑したように顔を赤らめ、後ろ首を照れくさそうに撫でた。

「後藤様がお強かったこと、この九郎兵衛、誇りに思っております。ぜひとも今生の思い出に、その当時の武者ぶりを、お聞きしたく思います」

「ううむ」

又兵衛は、しばらく考え込んでいたが、九郎兵衛の好奇に満ちた眼差しに負け、

「よかろう、戦さの前だ。勇ましい話は、気力を奮《ふる》い立たせよう」

又兵衛は膝を叩いて大きく頷いてみせた。

「皆、集まるのだ。合戦を前に勇ましい話の数々、聞いておこう！」

九郎兵衛が立ち上がり呼びかけると、又兵衛の周りには、瞬《また》く間に眼を輝かせた若者たちの輪が広がっていた。

2

播州明石は、慶長十八年（一六一三）当時、池田家の所領であったが、畿内に近く、姫路以上に活発な人の往来があり、小ぢんまりした城下町全体が活気に満ち満ちてい

た。

又兵衛ら一行三人は町外れに宿をとり、腰を落ち着け湯を使っていると、通りを隔《へだ》てた向かいの屋敷がひどくかまびすしい。窓を明け放ち様子を見ると、向かいは町道場であった。

「道場破りのようでございます。道場の面々が血相を変えて飛び回っているところを見ますと、道場のご師範は、留守のようでございますな。それに、よほど強い相手と見えまする」

宿の主人の話に興味の湧いた又兵衛は、市助、鳥を伴《ともな》い、中の様子が窺える道場の門前までぶらりと歩み寄った。

道場の主は槍が得意とみえ、

『法玄院《ほうげんいん》流槍術』

と看板にある。

「ほほう、槍と剣か」

又兵衛は、つかつかと道場の中へ入っていった。

道場破りの出現に、混乱の極みといった体《てい》の道場は、又兵衛らの無断の入場に咎《とが》め立てするゆとりもないらしい。

「こりゃ、愉快だ」

又兵衛は、烏、市助と顔を見合わせた。

同じ池田領でのこと、藩の練武場で師範をしていた又兵衛が名を名乗れば、おそらく知らぬ者はないはずであるが、この明石には顔見知りもいない。

そのまますつかつかと奥に入っていくと、ちょうど道場破りと思われるまだ三十前の兵法者が、師範代と向かい合っていた。

又兵衛は、その兵法者に思わず目を奪われた。六尺を超える体軀である。蓬髪《ほうはつ》に鳶《とび》色の瞳、よく陽《ひ》に焼けた一点の甘さもない厳しい顔立ちである。全身からは目に見えない圧倒的な気迫が放たれている。

兵法者の得物《えもの》は木刀であったが、奇妙なことに、二刀を同時に構えている。

「これでは勝負にならぬな」

又兵衛は一瞬にして、両者の腕の違いを見てとった。

兵法者は当初、師範代の槍を弄《もてあそ》ぶように、するするとかわしていたが、やがて槍先がわずかに流れたところを見はからって、みごとに下から叩き上げ、咽元にぴたりと寄って勝ちを得た。完勝である。

「ご師範はいずこ。まだ、参られんのか！」

兵法者が、ぐるりと一同を見回した。

「我が師範は、ただ今所用のため城に登り、いまだ戻っておりませぬ」

留守を預かる初老の弟子が、平謝りに謝った。

「槍は長いばかりで、自在性に乏《とぼ》しい。もはや、時代遅れの得物だ」

兵法者が、ふてぶてしく言い捨てた。

「これは聞き捨てならぬ！」

又兵衛が、いきなり怒気を露《あらわ》に声を張り上げた。

「ご貴殿は――」

兵法者が、鋭い鳶色の双眸を又兵衛に向けた。

「後藤又兵衛基次」

道場が、又兵衛の名に、サッ、と静まり返った。

「おお、ご貴殿が、かの武勇の誉れ高き後藤又兵衛殿か。拙者、作州《さくしゅう》浪人宮本武蔵《みやもとむさし》」

武蔵は、親しげに又兵衛を見るやあらためて一礼すると、

「これは知らぬこととてご無礼をいたした。ならば、ぜひ、拙者に一手ご教授願いたい」

丁寧な口調で手合わせを請《こ》うた。

「よかろう、まことの槍とはいかなる物か、そなたに見せてやろう」

又兵衛が道場の者に目配せすると、さっそく先端に丸餅のようなものを付けた稽古用の槍を取ってきて、又兵衛に手渡した。

「いざ」

「おう」

両者、三間（約五・四メートル）の間合いを取って睨み合う。

槍と剣の、いずれが有利か、又兵衛は咄嗟に思いをめぐらせた。

およそ武器というものは、それが充分振り回せられるなら、長いほうが有利である。

相手の短い刃が届くより前に、その長い刃は相手の頭を叩き、腹を突き、胴を払うことができる。

ただし、弱点もある。どうしても動きが直線的になり、一本調子になる。そのため、動きが封じられやすく、そうなれば踏み込まれて刀の餌食《えじき》になるのみである。

二刀の構えに対しては、こうした槍の弱点はさらに助長されるであろう。

（ならば、この槍を二刀に見立ててみるか）

又兵衛の脳裏に、咄嗟にその思いが過《よぎ》った。

両手で長柄の中央を握り、それを自在に左右交互に繰り出していく。

もちろんこのような技は、突き一本の合戦場で有効なものではない。

だが、兵法者には、それなりに通用するのではあるまいか、と又兵衛は思った。

それで又兵衛も、二本の短い槍を持つことにする。

又兵衛が、こうした柔軟な発想で、臨機応変に新しい戦いを編み出すことは、これまでにもけっして珍しいことではなかった。

朝鮮半島の戦場では、又兵衛は敵を見渡す遠見の箱を木の枝から吊るすなど、籠《ろう》城《じょう》戦ではさまざまな戦法を編み出してきた。

今回の着想も、武蔵のど肝を抜くには充分であった。槍は武蔵の二刀と違い、自在に回転するし、かの孫悟空《そんごくう》の如意棒《にょいぼう》のごとく、するすると延び縮みして、自在に突きを繰り出していける。

立ち合いは、双方互いを警戒し、睨み合ったままであったが、若い武蔵が堪えきれずに仕掛けていった。

案の定、武蔵の打ち込みは、又兵衛の槍に弾《はじ》かれた。すかさず槍の穂先がスルスルと延びてくる。それを懸命にもう一刀で捌《さば》くのだが、不意の突きを恐れ、容易に打ち込むことができない。

又兵衛としても、武蔵の揺るがぬ太刀筋には警戒を怠《おこた》れなかった。弱い打ち込みを弾かれ、さらに激しく打ち込まれれば、たった今編み出した慣れない槍捌きでは、どこまで防ぎきれるか心もとない。

互いに踏み込めぬまま、太刀と槍は虚《むな》しく打ち合い、道場内に乾いた音を響かせるばかりであった。

やがて、武蔵が数歩退き、二刀を下段に落とした。

「参りました」

「いやいや、拙者こそ。このままでは、若いそなたにますます有利となるはず。拙者の負けであった」

又兵衛も、言って武蔵を讃《たた》えた。

道場内からようやく、安堵のどよめきが起こった。

つい先刻まで池田家に籍を置き、藩の師範を務めていた後藤又兵衛が、槍と道場の面目を保ったのである。

又兵衛はあらためて武蔵と言葉を交わしたが、これがあの一条寺の下り松で吉岡一門《よしおかいちもん》とたった独りで死闘を演じ、敵の名義人たる十三歳の少年を斬った兵法者とは、とても思えなかった。

又兵衛は、武蔵の野獣のような荒々しい風貌の奥に、若者らしからぬ心の陰影を読んで、あらためてこの兵法者の心中を思った。

それは、人生の重荷を背負って生きる者の持つ苦渋と言えた。

武蔵は、果たし合いとはいえ、まだいたいけな少年を斬ったことへの後悔の念に、深く苛《さいな》まれているに違いなかった。

又兵衛は素直に武蔵に同情した。

又兵衛と武蔵は、故郷もほぼ同郷で、この点でも話が合った。また、自分を安く売らず、仕官先をしっかり選ぼうとしている又兵衛とよく似ている。二人は意気投合した。

その後も、武蔵はしばしば又兵衛の宿を訪ね、黒田家にいた頃の合戦の話や、道を志《こころざ》す者の心得について又兵衛に尋ね、又兵衛の思う所に同感し、目を輝かして聞き入った。

武蔵は、まだ若い武芸者にもかかわらず、絵画の道に通じ、よく彫像《ちようぞう》をたしなんでいた。

それが、悩みの深い武蔵の、心の平安を得るたったひとつの方法であることに、又兵衛はすぐに気づいた。

又兵衛は若い武蔵と出会うことによって、その生き方に少なからぬ影響を受け始めていることに気づいた。武芸がけっして処世の術などではなく、その道を究める手段であることを教えてくれたのも武蔵であった。

そう思うと、又兵衛はあらためて道はいずこにもあることに思い至り、仕官のみを追い求めてきた己の生き方が虚しく思えてくるのであった。

武蔵が、新たな仕官の道を求めて旅立つ日、又兵衛は池田家から得た扶持《ふち》の残り五十両を与え、

「己の志を貫き通し、けっして安易な仕官をせぬように。また、剣に己を託し、剣一筋に生きることだ」

と言葉を添えた。

又兵衛はこの時、歳を越えて、よき心の友を得た思いで嬉しかった。

3

大坂の黒田家蔵屋敷では、京都所司代板倉勝重《いたくらかつしげ》の招聘《しょうへい》を受け内々で京に上っていた黒田筑前守長政が、出雲阿国を招き入れ、新作歌舞伎に興じた後、打ち解けた四方《よも》山話《やま》に花を咲かせていた。

ふたたび東西の関係が風雲急を告げ始めていた。徳川家康としても、西国の外様大名の去就は気にかかるところで、長政も諸大名の結束のため、はるばる所司代に呼ばれたのであった。

だがどうやら、長政の目から見ても、豊臣に加担する大名はまずなさそうであった。

加藤清正《かとうきよまさ》、福島正則など、豊臣とはもっとも深い縁の諸大名でさえ、このところ徳川に遠慮して、大坂に立ち寄らぬらしい。

諸大名の動きをよく知る阿国の判断も同じで、豊臣方につく大名はまるで皆無、わずかに徳川家内の不平分子である越前の松平忠直《まつだいらただなお》と越後の松平忠輝が、徳川家の不遇な処遇への反発から、

――大坂方についてみせる、

といきり立っているだけと思えた。

「それよりも、長政さま」

「なんじゃ、阿国」

穏やかな笑みを受けた長政は、心なしか上気する声を抑えて応えた。

政治向きの話も長政と同等に語り合え、また艶《あで》やかな踊り手として世の男たちの目

を一身に引きつける出雲阿国は、長政にとっていつまでも眩《まばゆ》いばかりの存在なのである。

「つまらぬ女の詮索、お聞きいただけましょうか」

「はて、阿国があらためてこの儂に尋ねることとは、何であろうな」

長政は、盃の手を休め、あらためて阿国を見つめた。

「又兵衛さまのことでございます」

「又兵衛――、あの不忠者めか」

長政の相貌にさっと怒気の影が宿った。それを察して、

「これは、とんだご不快なお話を――」

阿国は大仰に平伏してみせた。

「よいのだ。そなたが、儂と又兵衛の間について関心を持つのも無理もない」

長政はかしこまる阿国に自ら酒器を取り、酒をすすめた。

「世間では儂と又兵衛のこと、面白おかしく語られて久しい。それにあの夜の席には、そなたもおったのであったからな。その、又兵衛がいかがした」

「この阿国も又兵衛さまをよく存じております。長政さまは、いったい又兵衛さまのことをどうなさるおつもりで」

「さて、どうするつもりか――」

長政はしばし目を閉じ、じっと考え込んでいたが、突如カッと目を見開き、阿国を見つめた。

「じつを申せば、儂も又兵衛のことでは、複雑な心地なのだ。今でも親しく思うところと、憎んであまりあるところが、儂の中でせめぎ合っている」

真顔で言う長政に、

「そう思っておりました」

阿国は、微笑みを浮かべて、長政を見つめた。

「ならば、又兵衛さまを許していただけませぬか。まかりまちがえば、好きなお方を死なせてしまいます。刺客を放つのは、あまりに冗談が過ぎましょう」

「じゃがな、阿国。好いておるから憎いということもある」

長政は顔を強張らせたまま、阿国に応えた。

「それは、そうでございましょうが……」

阿国は盃を小さく仰ぐと、またじっと長政を見つめた。

「又兵衛さまを討ったところで、長政さまのお得になることは何ひとつございますまい」

「それはわかっている」

長政は軽く吐息をついて、あらためて阿国に顔を向けた。

「はっきり申して、なぜこれほど又兵衛に辛《つら》い仕打ちをするか、自分でもわからないところがある。あるいは、昔の又兵衛をそのまま留め置きたいため、殺して己のものにしようと思っているのかもしれん」

「昔の又兵衛さまを……なるほど、人にはそのような心の動きがあるかもしれませぬ」

「わかってくれるか、阿国」

長政が真剣な眼差しで見返した。

「ならば、又兵衛さまは大きな態、長政さまはそれを鉄砲で射止めて剝製《はくせい》にしたいのでございまするな」

阿国はそう言って、いきなりからからと笑い始めたが、また真顔に戻り、

「それはなりませぬ。又兵衛さまを剝製になさることは、きっと後悔なさいましょう」

「だが、あ奴は、もう儂の手から離れて戻って来てはくれぬ」

長政は、顔を伏せ、嘆いた。

「儂は黒田五十二万石を背負うている。大名家には大名家の主従の則《のり》というものがある」

「又兵衛さまにも、己の則というものがおありでございましょう。自分の心を裏切るくらいなら、殿にどれほど辛く責めたてられようと、かまわぬと思われておるのでございましょう」

「又兵衛は、とんだ頑固者よ」

「察しまするに、又兵衛さまのお心は我ら旅役者と同じ、己なくしてなんの天下ぞのご心境でございましょう。己の内なる声に従い、人生という旅路を思うがままに生きることができないなら、城や黄金もかなぐり捨ててかまわぬとのお考えなのでございまする」

「ならば、己本位の頑なさは、この長政も同じじゃ。あ奴に刺客を放つのは儂の意地、兄弟喧嘩の続きなのだからな」

阿国は、顔を曇らせて長政を見つめた。

「なに、あ奴は死なぬ。我が家臣の中で、あ奴の槍に敵《かな》う者などおらぬことは、儂がいちばんよう知っておるわ。だが、それにしても、不思議なものだな。阿国、そなたは、なぜそれほどまでに又兵衛の肩をもつ」

「肩をもってはおりませぬ。おそらく、長政さまと又兵衛さまのご関係が、人情のまことを伝えるものにて、芝居心をくすぐるからでございましょう」

「ふむ。芝居心か。ならば、今宵《こよい》は又兵衛を肴《さかな》に、阿国と二人で酔い潰れるまで呑み明かすとするか、色気抜きでの」

長政は、ちらりと阿国の横顔を盗み見て、不貞腐《ふてくさ》れたように盃の酒を一気に呑み干した。

4

又兵衛にとって、久方ぶりに見る大坂の町は、目を奪うばかりの賑《にぎ》わいであった。

又兵衛の馴染《なじ》んだ博多の町は、朝鮮の役も終わり、さらに徳川の世となって、国際貿易都市の地位も長崎に奪われすっかりさびれてしまっていた。しかし、この大坂の町は対照的に堺の賑わいさえ移して、今や商都として燦然《さんぜん》と輝いている。

その町の賑わいに比べて、小さく見えるのが大坂城であった。

日本一とうたわれた天守閣も、その高さを黒田家など西国大名の合力によって築かれた名古屋城に抜かれ、そのせいでもないが、太閤の城全体が押し潰されたように精彩なく見えてしまう。

（人の世の移ろいとは、これほどにも慌ただしく、またはかないものか……）

又兵衛は、淀《よど》川べりの河原にどかりと腰をおろし、遠く馴染みの城を仰ぎ見て、しばし感慨に耽《ふけ》るのであった。

それにしても変わらないのは、町人たちの活気である。

誰を恐れるでもなく、誰はばかるでもなく、己の才覚で身代《しんだい》を築き、今や武家を凌駕《りょうが》して、大名も敵《かな》わない暮らしぶりをする者も多いと聞く。

（それに比べて、武士とはなんと片意地を張った哀れな生きものよ）

又兵衛は、そう思うのであった。

（武士のみを見て生きてきたこの半生は、なんと視野の狭かったことか。天下取りの夢を、城持ち大名の夢を懸け、戦場に命を張って戦ってきた侍は皆、露と消えていった。その中で己はわずかに生き残り、城持ち大名へと出世したが、それとて昔語りにすぎぬ）

又兵衛は、齢《よわい》五十を過ぎていまだ浪々の身である。

いや、それを悔《く》やむ気はさらさらない。戦々恐々として、主の顔色を窺い、意にそまない主命も甘んじて受けるくらいならば、仕官を捨てたほうがはるかにましである。

あの太閤秀吉にしたところで、けっして自由ではなかった。いつもほかの有力大名に己の天下を奪われぬか、と戦々恐々とし、息子の行く末に不安を抱きながら、死んでいった。

（武士とは、しょせん戦いに明け暮れる哀れな生き者ではないか）

又兵衛は思った。

黒田長政にしてもまたしかり。五十二万石の大大名とは名ばかりで、駿府《すんぷ》や江戸の顔色を窺い、どれだけ内情は苦しくとも、徳川の機嫌を損ねまいと揉み手をし、無理難題に応じている。

又兵衛に対し、

「大身の大名らしく、家臣らしく」

と、もっともらしく臣下の礼を求め、黒田官兵衛の下で分け隔てなく兄弟同然に育った自然な感情を必死で圧《お》し殺そうとしている。それが、大大名の体面というものだろうか。

（そんな堅苦しい主なら、こちらから願い下げよ）

又兵衛は、大欠伸《あくび》をして立ち上がった。

いずれ、金も底をつこう。だが、金のことはその時になって考えればよい。

又兵衛はそぞろ歩き始めた。

（しょせん人の人生は、五十年。その五十の坂を、俺はとうに過ぎている。愉《たの》しまずにおくものか）

又兵衛は、かまびすしい商人の町を歩きながら、いつの間にやら、その活気に感化され、胸を躍らせていた。

雑踏の中から、いきなり呼ぶ声がある。その声の方を振り向くと、烏であった。

こともあろうに烏は、追手のかかる身の又兵衛の名を、人中で叫んでいる。

「なんと惚《ぼ》けた男よ」

苦笑いしつつ、そんな烏が妙に懐かしかった。

「久方ぶりだな、烏。だが、よくこの儂がわかったな」

寄ってきた烏に、又兵衛は肩を叩いた。

「その大きなお体、腰を揺するような歩きぶりのお姿、背負われたその大きな槍、どう考えても殿以外には考えられません」

屈託なく笑いながら、烏が言った。

烏と別れたのはおよそ半年前の明石でのことである。ふたたび浪々の身となり、たとえ一人二人の家臣さえ雇うゆとりもなくなったため、まず烏に暇を出し、ついで市助にも暇をやったのであった。

又兵衛は、それ以来一人旅である。

市助に背負わせていた笈を自ら担《かつ》ぎ、自慢の長柄の槍を握りしめ、飄々《ひょうひょう》と旅を続けてきた。着たきり雀《すずめ》で、髭は伸び放題、巷《ちまた》に溢《あふ》れる無数の浪人者と、なんら変わるところがない。

だが又兵衛は、そうした己の境遇にはまったく頓着《とんちゃく》がなかった。

気がかりなのは、やむなく暇をやった市助と鳥の行く末であった。

だが、快活そうな鳥の表情と、小綺麗な身なりから見て、どこぞの家中にしっかりと仕官できたらしい。又兵衛は安堵の胸を撫で下ろした。

「おぬし、いたって明るい顔つきだな。儂と別れて、どうやら運が開けてきたようだ」

「いえいえ。旦那と別れてから、面白いことがひとつもありません。あれからずっと、あっしは泣きどおしでしたよ。又兵衛の旦那があんまり、情けのない仕打ちをなされたんでね」

「嘘をつけ。儂と離れて運が向いてきたと、そう顔に書いてあるぞ」

「おっしゃるとおり、三度の飯には困らないようになりましたが、旦那と別れてから、とんと人には恵まれません。どのお方も小粒、もちろん旦那ほどのお方にそうそう巡り会えるはずもありませんがね。何とも詰まらない人生を送っておりますよ」

「なんの、なんの。のびのびして、何の苦労もないように見えるわ」

「いえいえ、それが今度のお殿様は、いつお家が断絶になるかわからない危なっかしいお立場なもので。心配の種は尽きません」

烏は、大仰に首を振り、嘆いてみせた。

「それは、ただごとではないな」

「あそこでございますよ」

烏は、彼方に聳《そび》える大坂城の天守閣を顎でしゃくり上げた。

「おまえ、豊臣に仕えたのか」

又兵衛は、驚いてもう一度烏の顔を見た。

「腕のいい忍びの小頭《こがしら》が必要とかで。食うには困らない扶持はいただけるんですがね、なんせあれだけ徳川に睨まれちゃ、いつまでもつか、知れたもんじゃない」

烏は後ろ首を撫でながら、また愚痴をこぼした。

又兵衛は、このところの徳川と豊臣の確執を、方々で伝え聞いていた。

先般、成長した豊臣秀頼《ひでより》に二条城で対面した家康が、その予想外の逞しい成長ぶりに困惑し、これはまずい、と駿府に戻っていったとか。

家康は、それからというもの、秀頼に無理難題を持ちかけ、秀頼の母淀《よど》の方は凄い剣幕で怒り狂っているという。

「ところで、旦那は仕官の気はまだございませんので。なんなら、豊臣家に口をきいて差し上げましょうか。旦那ほどの方なら、今、弱り目の豊臣家には喜んで迎えるはずで」

烏の言葉に、又兵衛の顔がにわかに険しくなった。

「その件については、己で決める」

「こ、これはご無礼いたしました。天下の後藤又兵衛様に、あっし風情《ふぜい》が生意気なことを申しまして」

烏は平身低頭して後ろ首を撫でた。

「そうではない、烏。増長《ぞうちょう》して申しておるのではない。儂は今もこの町の町民たちの活気に圧倒されていたところだ。武士だけが人の生き方ではない。儂は、このところつくづく杓子定規《しゃくしじょうぎ》な侍の生き方がいやになっているのだ。もはや、儂の頭の中に徳川も豊臣もない。しばらくは、武士のしがらみから離れた生活がしたいのだ」

「でも、油断は禁物でございますよ。旦那が池田家を離れて畿内に向かったというんで、黒田家の刺客がまた動き始めた、という噂を聞いております。なんとも執念深い話で」

「その話、誰から聞いた」

「昔の忍び仲間からですよ。黒田家お抱えの甲賀者は、山陽道であらかた旦那に斬られてしまったんで、忍びにはもう刺客を引き受ける者がないそうで。今度は長政の側近の村瀬九郎左が、じきじきに腕に覚えのある者を選《え》りすぐって、こちらにやって来るという話です」

「はて、酔狂なことよ。来るというなら、拒みはせんが。長政め、なんとも執拗な」

又兵衛は、呆《あき》れたように天を仰いだ。

「それにしても、旦那はいつまで経っても旦那だ。鷹揚《おうよう》で、びくともするもんじゃない。どうです、仕官がおいやなら、いっそ風流の道でもお楽しみになられては」

「風流の道？」

又兵衛は烏の口から意外な話をもちかけられて、目を白黒させた。

「茶の道でございますよ」

「ほう。忍びが茶をやるとは、なんとも妙な時代になったものだな」

又兵衛は苦笑いをしながら、あらためて烏の顔をしげしげと覗いた。

又兵衛が不思議がるのも無理はなかった。

つい先頃までは、茶道はごく限られた士層階級の嗜好品《しこう》であり、下級の武士にはとても真似のできない高級な道楽であった。

又兵衛とて若い頃は、まれに黒田官兵衛に呼ばれて振る舞われ、いたく感激したものである。

その茶が、いつの間にやら大坂では、下々までが自由に楽しんでいるという。又兵衛は、あらためて時の移り変わりの早さを思った。

「いえね、ひと昔前の千利休《せんのりきゅう》や今井宗久《いまいそうきゅう》という高名な茶匠のやったようなたいそうなものじゃないんですがね。この大坂の町にも、茶屋というものがぼちぼちでき始めまして、そこそこの金を出せば、茶の湯の真似事程度は楽しめるようになっているのでございますよ。いかがです。あたしもこれからお茶屋に行くところで、ご一緒なさいませんか」

「よいのか」

又兵衛は烏の誘いを受けて、ついつい好奇心にかられ、従ってみることにした。

どうせ、気軽な立場である。それに、仕官もしない、商人の真似もできない、とあれば風流人の真似ごとをするくらいしか能はないのである。

5

鳥が案内した茶屋は、玉造《たまつくり》の屋敷町を抜けて天王寺《てんのうじ》にほど近い、ずらりと大暖簾《のれん》の並ぶ商店街の外れにあった。

玄関を潜《くぐ》って下足を脱ぎ、荷物を預けてやおら二階に上がると、そこには幾つかの部屋が派手な襖《ふすま》で仕切ってあり、いずれの部屋にも大きな茶釜が置かれて、白い湯気が立ち上っていた。

後にいう水茶屋のはしりであるが、この当時はまだ料理も出さず、女も置いていない。

鳥が又兵衛を通した部屋では、すでに先客があった。

まだ二十二、三、というところの若侍であるが、毅然とした姿には、年齢を越えた品格が備わっている。

さらに驚嘆すべきは、茶の手前《てまえ》のみごとさであった。

その所作は、悠然として、一点の乱れもない。このような遊びの茶屋には似つかわしくない本格的な茶道の心得が窺い知れるのである。

「ご紹介いたします。こちらは、我ら忍びの者を差配《さはい》なされます豊臣家御家臣、古田《ふるた》九郎八《くろはち》様でございます」

「後藤又兵衛と申す」

又兵衛は茶釜の脇に腰を落とした。

「後藤殿の武勇伝は、ここ大坂にまで届いておりまする」

若侍は、親しげに又兵衛に微笑みかけた。

「古田殿は、かの有名な茶匠古田織部《ふるたおりべ》殿の四男でいらっしゃいます」

烏が、誇らしげに又兵衛に若侍を紹介した。

「おお、あの古田織部殿の」

又兵衛は、ハタとその名に気づいて、幾度も頷いた。

千利休の亡き後、武家の気風を持つ新しい茶道を開き、またたく間に諸大名の間に弟子を広めていった、利休高弟の一人古田織部の子というのである。

織部は義父の黒田官兵衛孝高と面識があったため、又兵衛も言葉を交わしたことがあった。

なるほど、織部の子となれば、その所作にいわく言いがたい麗《うるわ》しきものが備わって当然であった。

それにしても、徳川家二代将軍秀忠《ひでただ》の茶匠として江戸にいる織部の子が、豊臣家に奉公しているのは、奇妙な因縁であった。

それほどの茶道の名家の子息が、こうした町方の茶屋で忍びの頭目と茶を啜《すす》っているのも、これまた奇妙である。

「この黒い烏は、あらぬことを口ばしっておりますまいな」

又兵衛は先回りして、九郎八に釘を差した。

又兵衛を豊臣家に仕官させるため、この茶屋で待機していたのではないか、と思ったのである。

「たしかに後藤様には、ぜひとも豊臣家へのご仕官をお願いいたしたいとかねがね思っておりましたが、それは後日。本日は天下の豪傑後藤又兵衛様にお近づきになれるだけで光栄しごくにござります」

古田九郎八は、ただにこにこしながら又兵衛を見つめている。

「ふむ」

又兵衛は、九郎八と烏を交互に見比べながら、なるほど今日の出来事はすべて烏の仕組んだことと思い至って苦笑いした。

「儂は絶対に仕官はしないつもりだ」

吠《ほ》えるように一喝して、烏を睨みつけると、

「それは、じゅうじゅう」

　烏は、首をすくめてみせた。

「もちろんそのこと、後藤様に無理強《じ》いするつもりはござりませぬ」

　古田九郎八は、あらためて烏に助け舟を出した。

「もとより我らは、徳川との間に波風を立てる気はなく、あくまで和平の道を求める所存でございます」

　古田九郎八が、うって変わった切羽詰まった口調で話を始めた。

「ただ、徳川方は、いよいよ豊臣を潰す腹を決めている様子。こちらも万全の備えをいたさねばなりません」

「そうは聞いておったが……」

　又兵衛は、あらためて烏と古田九郎八を交互に見やり、深く嘆息した。

「古田殿のお父君織部殿は、先頃も京の帰途、駿府に立ち寄り、豊臣と徳川の断絶は避けてほしいと、家康公に進言なされたそうにございます。ところが、老い先短い徳川家康の幕府存続の執念は凄まじく、今や織部様は危険人物視されているそうにございます」

　烏が九郎八に代わって言った。

「このたびも豊臣殿の菩提寺方広寺《ぼだいじほうこうじ》の鐘に豊臣家が、『国家安康』の語句を刻み込んだところ、文字を挟んで徳川家康を呪うものだと難癖をつけ、大和への領地替え、淀の方の人質など、とても受け入れがたい無理難題を突きつけてきております」

古田九郎八は、端整な顔を苦渋に歪めて、切々と語った。

「まつりごととはそのようなもの。拙者も、そうした汚らわしき駆け引きの数々を見てまいった」

「後藤様が羨ましい。宮仕えの身では、そうした陰湿なる世界から逃れることができません」

茶屋の用意した安手の湯飲みを抱えたまま、古田九郎八が嘆息した。

「それに父の窮地を思えば、何とかせねばと」

「ご同情いたします」

烏は、ちらりとそう言った又兵衛の顔を盗み見て、苦虫を嚙み潰した。どうやら、又兵衛はテコでも動かぬつもり、と見たのである。

「又兵衛様に、しばらく仕官のおつもりがないのならば、せめて風流をお楽しみくだされ。京に行かれれば、父の弟子があまたおります。よろしければ、ご紹介いたします」

「風流の道と申しても、拙者、槍ひと筋に生きてきた身。無骨者なれば」

「なんの。武士一途のお方にも、それなりの風流の道はございます。そう、京には、槍や刀の目利きに優れた本阿弥光悦《ほんあみこうえつ》殿がおられます」

九郎八は嬉しそうにその名を告げた。又兵衛は、その名は心当たりがあった。作州浪人宮本武蔵が、師として語っていた名である。

絵画、書跡、漆芸、陶芸に通じ、当代の形式を重んじる作風を捨て、軽妙洒脱《しゃだつ》な表現をすべての分野に持ち込んで、今、京の公家や諸大名の間で、その芸風が囃《はや》されているという。

特に蒔絵《まきえ》の工芸は、光悦独自の境地として莫大な値で取引されているらしい。

そうした風評を思い出し、又兵衛の胸は当代きってのこの才人に関心を募らせるのであった。

「お会いしたいものです。ならば、ご紹介いただけまいか」

懇願する又兵衛に、九郎八は屈託のない笑みを浮かべ、なめらかな筆致でさらさらと書状をしたためはじめた。

6

後藤又兵衛基次が、古田九郎八の紹介状を持って京の本阿弥光悦邸を訪れたのは、それから三日後の夕刻のことであった。

安土桃山《あづちももやま》期からこの江戸初期までを日本のルネッサンス時代とすれば、本阿弥光悦は古田九郎八の父古田織部と並んで、まさにこの時期を代表する全能型文化人であった。

ちなみに、この気宇《けう》壮大な才人がもっとも才気を発揮したのは、書道であったと伝えられている。

書において、大きな影響を与えていたのが、意外にも九郎八の父古田織部であった。その意味で、光悦は織部の弟子筋に当たるといってよい。

「ここが光悦殿の——」

又兵衛は、本阿弥光悦邸前で、門前に掲げられた大看板を見上げて心を躍らせた。

無骨者と自ら蔑《さげす》んではみせたが、又兵衛にも風流の心得がないわけではない。

又兵衛の父代わりであった黒田官兵衛孝高は、千利休や古田織部ら多くの茶人、文化人と交わっていた。又兵衛もまた官兵衛の紹介で多くの文人墨客《ぼっかく》と友誼《ゆうぎ》を結んできた。

だが、いずれも手すさびの域を出ず、槍一筋に打ち込んできた又兵衛に、これといった際立ったたしなみはない。

あえていえば、槍刀の見立てと、彫物。ことに仏像の彫刻は、手すさび以上に入れこんだ時期がある。

(何でもよい。気にいったものに打ち込んでみるか)

又兵衛はこれまでの経緯にはこだわらず、光悦に従って新たに打ち込めるものを見つけ出すつもりであった。

又兵衛の励みとなっているのは武蔵である。容貌魁偉《ようぼうかいい》、あのむくつけき大男の、いったいどこにあのような風流心が宿っているか、又兵衛は不思議であった。

ところが、武蔵の絵も、彫刻も、若くしてすでにかなりの域にあることが窺い知れる。

「武芸も風流も、つきつめれば、同じ道です」

武蔵は、そう言って屈託なく笑った。

憎い男ではないか――。

試合では引き分けたが、芸の道では負けている。風流もわからねば、武芸者としても一流ではない、と武蔵にからかわれてしまいそうである。

いや、己を主とする自由人であれば、それくらいの芸のひとつもなければ情けない。

「頼もう」

門前で大声を張り上げると、現われたのは、なんと光悦本人であった。

物腰のどこまでも柔らかい、つねに笑みを絶やさぬ人物である。商人のようにも見えるが、人物の奥行きははるかにある。

武芸に秀でた者が放つ厳しさが、のびのびした立ち居振る舞いの中にも漂っているのである。

歳はまだ六十には届いていない。だが、年齢を超越した飄々《ひょうひょう》たる風貌は、子供のようでもあり、また百歳を超えた大長者のようでもあり、謎めいて得体が知れない。

又兵衛がにこやかに笑いかければ、どこまでも温厚に笑い返してくるが、怒れば、同じように激しく感情を叩きつけてきそうにも思える。

漂い流れているようでいて、その姿は永遠不変、しかもゆったりと寛《くつろ》いでいる。

その目は何か遠くを見ているようでいて、しかも寸分の甘さもない。

長らく己の求める美のみに奉仕し、余計なことは考えずに生きてきたからこそ達しえた、融通無碍《ゆうずうむげ》の境地と思えるのである。

（まるで、雲の中で生きているような人物だ）

又兵衛は思った。

「まず、後藤様のその槍を見せてはいただけまいか」

そう話を切り出した光悦は、にこにこと笑うばかりである。

又兵衛が槍を差し出すと、

「名高き槍名人後藤又兵衛様の分身を拝見できるとは、光栄の極《きわ》みでございますな」

言いながら、光悦は又兵衛の二間の大槍を手元にとり、蠟燭《ろうそく》の灯りを近づけた。

「ふうむ」

光悦は、大きな吐息を上げると、そのまま圧《お》し黙った。

「どうです」

「率直に申します。いやいや、これほど持ち手の人柄を映した槍を、当方見たことがありません」

本阿弥光悦は、そう言って、何度も首を振った。

「あまりにも、後藤様らしい。感服いたしました」

「どのように、拙者らしい、と」

又兵衛は、その意味がわからず聞き返した。

と、槍の穂先に見入っていた光悦が、いきなり鋭い眼差《まなざ》しでまっすぐに又兵衛を見据えた。

「さよう。当方はかつて、兵法者の宮本武蔵様のお刀を拝見したことがございます」

又兵衛は、ふたたび歳の離れた兵法者への強い関心を搔き立てられるとともに、ライバル意識を刺激された。

「そのお刀も、もはや銘など有名無実。お刀は宮本様以外の何物でもない物に変じておりました。今こうして見る後藤様の槍もまた、後藤様そのもの、天下にたった一本の逸物《いちもつ》に変じてございます」

「そのようなものですか」

又兵衛は、あらためて得心し大きく頷いた。

「人は魂を持ちますが、槍は物にすぎません。物にすぎぬ槍に、後藤様は魂を込め、己と一心同体になることによって、この槍は俗世と貴方《あなた》様をつなぐ役割を担《にな》うようになっております」

「俗世と拙者をつなぐ……」

「人は魂より成るもの。この世は物より成るもの。槍はそのいずれにも属します。だからこそ、この槍あればこその後藤又兵衛様、また後藤又兵衛様あればこその槍なのでございましょう」

「しかし、この槍のどこを見ればわかるのです」

「目に見えるものではございませぬ。しっかりと握りしめた手応えだけで、後藤様のものであると語りかけてまいります」

「ふうむ……」

又兵衛は、光悦の言葉に魅《み》せられ、語る言葉を失った。

「感服いたした。この又兵衛、槍への迷いが取れたように思います。もはや、槍のみをことさら気づかうことはやめにしよう」

「そうなさりませ」

光悦が、どこまでも穏やかな笑みを絶やさずに応えた。

「古田九郎八様の書状によれば、後藤様は、風流の道を求めておられるとか。その一本槍のごときご気性ならば、彫像の道を歩まれるがよろしかろう」

「彫像ですか」

「これまで鑿《のみ》を持ったことはおありでしょうか」

「手すさびに仏像を彫ったことはござるが」

「それで結構でございます。ならば、まず手始めに、当家の工房にて仁王《におう》像を彫られませ。ご遠慮はいりません。当家を我が家として、すべてを忘れて打ち込まれるがよろしい。いずれ鑿が、この槍のように、後藤様と一体となる日が訪れましょう」

7

次の日から、又兵衛の生活は一変した。槍を鑿に変え、日がな一日、木像と対峙《たいじ》する。

光悦の好意を受け入れ、魂の仁王像をみごと完成させることのみが、光悦の善意に報《むく》いる唯一の道であることを、又兵衛はよくよく理解していたのであった。

一瞬たりとも気を抜くことは許されない。

真剣勝負である。一刀一刀が仁王の魂を刻み、内から発するその怒りの激しさを規定する。

(これほど厳しい修行は、武芸の鍛錬《たんれん》でも行なわなかったわい)

愚痴が出る。もちろん、誰に言われたわけでもない。その厳しさは、又兵衛が己に課したものであり、それだからこそ、気を抜くことは許されなかった。

時折、工房に光悦が姿を現わしたが、又兵衛の鑿捌きをじっと見つめているだけで、しばらくすると黙って帰っていく。

そんな日々が一月も続いた。

又兵衛は孤独であった。だが、その孤独はこれまでに経験したことのない満ち足りた孤独であった。

ようやく仁王像の目鼻立ちが浮き上がり、力強い双眸が刻まれようという頃、又兵衛は夕方の光悦邸の玄関近くで、怪しげな侍の集団をみとめた。

京、大坂の侍ではないことは、埃《ほこり》だらけの羽織袴姿の旅姿であること、そしていかにも筑前辺りにいそうな土臭い顔からも窺えた。

それが、黒田長政の放った刺客であることは、まずまちがいなかった。

（長政め、なんとも執拗な）

又兵衛は顔を歪めて、怒気を呑み込んだ。

黒田の刺客は、恐れるに足らぬ。だが、本阿弥家に難儀が及ぶことは何としても避けなければならなかった。

又兵衛は、やむをえず光悦邸を出て、町中に宿をとることを決めた。

腰を落ち着けたのは、京三条大橋にほど近い安手の商人宿であった。金を無駄にはできず、やむをえぬ選択である。

宿には、商人以上に数多くの浪人者が投宿していた。いったいどこにこれだけの浪人がいたのか、と思われるほどの数である。皆一様に長い浪々の生活に疲れ果て、食う物にもろくにありついていないことを窺わせる痩《や》せ細った姿である。

又兵衛は、同情を募《つの》らせつつ、警戒を怠《おこた》らなかった。浪人者は素性が知れないからである。

黒田の刺客がこの中に混入すれば、容易には見分けがつかない。相部屋ゆえ、寝入ってしまえば、抵抗はまったく不可能である。

又兵衛は、やむなく宿を変えることに決めた。次の宿は四条筋で、客はあらかた商人である。こちらは、どの顔も羽振りがよさそうであった。

（武士は皆ひもじい思いをし、商人のみが富み栄えておるわ）

又兵衛は、時代の移り変わりをあらためて思い知らされた。

その宿の渡り廊下で、又兵衛は一人の武士と擦れ違った。咄嗟に横顔を向けたが、それは紛《まぎ》れもない長政の近習で、又兵衛出奔の折、国境まで追ってきた村瀬九郎左である。

とすれば、又兵衛がこの宿に投宿していることは、いずれ気づかれるだろう。

案の定、次の日になると、九郎左の姿が宿から忽然《こつぜん》と消えた。

（当夜にも襲撃を仕掛けてくるかもしれんな）

又兵衛は、舌打ちして荷造りを始めた。

どこへ行っても落ち着かなかった。又兵衛が京の宿に逗留していれば、発見されるのは必至である。そうなれば、関わりのない者にも迷惑をかける。

もはや、宿を変えるのも面倒であった。

又兵衛は、宿を出て、四条の橋の上に立った時、ふとこのまま京を立ち去ろうかと考えた。

光悦の元を去るのは名残《なごり》惜しいが、鑿と木片さえあれば仁王像はどこにいても彫れる。

仁王像が己自身を彫るのであれば、師もまた己自身である。

それに、長政に命をつけ狙われるのも、つまるところは、己の不徳ゆえではないか。

（己一人を生かすために、あちこちに迷惑をかけて、なんの己の自由か、己の主か）

そう思うと、なにか悲しく、又兵衛は、生き抜く意欲さえ失いそうになった。

うちひしがれた又兵衛は、ふと橋の上から奇妙なものを見た。

派手な身なりの傾《かぶ》き者たちである。河原の上で、色とりどりの風変わりな装束を着けた若者が、二手に分かれ、刀や槍を抜き払い、斬り合いを始めるところであった。

サルサ、ジュバン、マントを着け、十字架を首から下げた南蛮《なんばん》装束の若者や、一昔前の高下駄を履き、長い杖《つえ》を下げた童形《どうぎよう》の男、鮮やかな朱色の僧衣をまとった者など、まるで阿国の芝居さながらである。

ざっと十人ほどの若者は、いよいよ斬り合いを始めた。どうやら、刀や槍に通じた者などではなく、ただ相手を威嚇《いかく》しているだけで、殺し合いにまでは発展しそうもない。

又兵衛には、そのへっぴり腰が、かえって滑稽であった。

「そのようなへっぴり腰で、おぬしらに槍が突けるのか」

又兵衛は橋の上から、奇妙な風体の浪人者に声を掛けた。若者たちは、腹を立てて、

「おぬしこそ、なんだ。その笈は、その槍は。そこまで言うのなら降りてきて、立ち合え」

南蛮装束の背の高い若者が、又兵衛に呼びかけた。

「よかろう」

と降りていくと、傾奇き者たちは、いっせいに相手を変え、又兵衛に斬りかかった。

だが、しょせん腕に覚えのない若者たちは、又兵衛の相手ではない。

槍の柄でこづき回され、叩きのめされた三人ほどの若者が、腰砕けになり、顔を引きつらせて幾度も又兵衛を振り返りながら逃げ去っていった。

「もうやめておけ。刀や槍は戯《ざ》れごとで振り回すものではない」

「黙れ、痩《や》せ浪人。哀れと思い手加減したが、今度は容赦はせぬ」

そう叫んだ南蛮装束の若者が、大上段に刀を取り、ザッと又兵衛に斬りかかった。

それをかわし、ぶん、と大槍を頭上で振り回すと、また三人ほどが逃げていく。

「おのれ、勝負は次の機会まで預けておく！」

南蛮装束の若者がそう叫ぶと、

「いつでも来い。この河原で待っておる」

又兵衛はからからと笑いながら、仁王立ちして荒くれ者たちを見送った。

傾奇き者らの一団が立ち去ると、又兵衛はふと吐息をつき、河原に胡座《あぐら》をかいて座り込んだ。座ってみれば、なかなか広々としてよい眺めである。

彼方の土手の上を、さまざまな身なりの京童《わらわ》が、浮世の見栄をせいいっぱいひけらかせて歩いていく。それも、じっと見ていれば面白い。

又兵衛は、大の字になって寝転がった。

久方ぶりに見る白い雲が、頭上で気持ちよさそうに青い空を泳いでいる。

「うむ、決めたぞ！」

又兵衛は、大きな声を発した。

「ここを塒《ねぐら》としよう」

又兵衛は、そう思い定めると、すっくと立ち上がった。胸の内でわだかまっていたものが何もかも四散していくようであった。

ここならば誰に迷惑をかけるわけでもない。手をかざして彼方を見やれば、河原には又兵衛のほかにも小屋を建て、気儘に住まう者が、幾人かいるではないか。

遠くで、先ほどの傾奇き者たちが、又兵衛の様子をじっと窺っている様子であった。

「ここじゃ、来い、来い！」

又兵衛は、またからからと笑いながら大声を上げて手招きをした。

8

好奇の眼差しで寄ってきた傾奇き者たちは、話してみれば、いずれも気のよい京のはぐれ者たちである。町人を脅し、あちらこちら悪童どもに助太刀して金を得ているが、まだ人殺しもできぬ小心者らしい。いずれも天涯孤独の孤児ばかりで、気儘にこの河原にたむろして遊び暮らしているらしい。

先ほどの南蛮装束の男が蜘蛛蔵《くもぞう》、童形の男が蓑吉《みのきち》、ほかに、段三《だんぞう》、新吉《しんきち》と、皆気のよい若者ばかりである。

又兵衛は、この傾奇き者たちの助力を得て、河原の土手近くに小屋を建てた。粗末なあばら屋であるが、ともあれ雨露はしのげそうである。

小屋に腰を落ち着けてみれば、これほど気楽なところはない、と又兵衛はあらためて思った。

さて、住処《すみか》は決めた。日々の糧《かて》をいかにせん、と考えていると、新しい又兵衛の子分がよい知恵を貸してくれた。

幟《のぼり》を立て、金を賭けて武者修行の者と果たし合いをせよ、と言うのである。又兵衛ほど強い侍はいない、きっとよい稼ぎになると言う。

「それは面白いのう」

又兵衛は屈託なく応じた。

当時の兵法修行者にとって、他流試合は名を天下に知らしめ、諸大名に高く自分を売りつける手っとり早い手段であった。しばしば「我こそは日本一」の幟を立て、試合の相手を募《つの》った。

だが、又兵衛はすでにその名を高く轟かせており、名を売る必要はなかった。その意味で、又兵衛が京の傾奇き者の誘いに乗ったのは、あくまで当座の金を得るためであったが、見せ物に身を落とし、新たな境地を探ろうとした、思い切った奇行ではあった。そして、あえてそうして意図的に破滅の道を求めたことに、又兵衛の当時の暗中模索ぶりが窺えるのであった。

又兵衛の傾奇き者らしい奇行は、京の都じゅうの話題をさらった。又兵衛見たさの見物人が、終日橋の上に鈴鳴りになって、兵法者との立ち合いを今か今かと待ち続けた。

京雀は皆、又兵衛にすっかり惚れ込んでいた。主の横暴に腹をすえかねて奉公先を飛び出し、追手が迫れば、逃げも隠れもせず立ちはだかって闘い、追い返す。金がなくなれば、それまでの身分などお構いなしの剣客商売である。

その反骨と傾奇きごころはまた、応仁《おうにん》の乱以来、長い間権力者たちに踏みにじられてきた京の町衆の心意気でもあり、又兵衛はその代弁者であった。

それが証拠に、又兵衛に続いて多くの浪人者が、侍 奴《さむらいやっこ》（ゴロツキ）となり、斜に構えて練り歩き始めたことでも明らかだった。

又兵衛の名に脅えてか、数日の間誰一人挑んでくる者はなかったが、十日ほど経つと、ようやく喰い詰めた四十がらみの兵法者が河原に下りてきて、又兵衛の様子を物陰から窺い始めた。

さらに数日が過ぎると、その男はついに意を決したか、顔を強張らせて果たし合いを求めてきた。

挑戦者の出現を喝采して喜んだ荒くれ者たちは、橋の上に立ち、鐘、太鼓を打ち鳴らして、通行人を呼び止め、金を賭けた。

面白いように金が集まった。又兵衛の槍はすでに京童にもかなり知れ渡っていたが、それでもこの未知の武芸者に賭ける者も多かった。

率がよいからである。

河原は鈴鳴りの人だかりとなり、いよいよ待ちに待った試合は始まった。真剣勝負である。

又兵衛があまりに平然と槍を身構えるので、相手は怖じけづき攻めてこられなかったが、それでは勝負にならないと見て、又兵衛が、ずいと前に踏み出すと、男は気圧《けお》されてそのまま、後方にずりずりと退《さが》った。

見物人の中からどよめきと、兵法者への嘲《あざけ》りが湧き起こった。

「どうした、かかってこぬのか」

又兵衛は、不満げに侍に声を掛けた。

それがいかにも屈辱的と見たか、侍は、負けを覚悟で上段から一文字に斬りかかってきた。

それを軽々と見切って、右に跳び、槍を反転させて、柄尻で男の腰を叩いた。

男は腰砕けとなって、へなへなとしゃがみ込んだ。

「参った！」

兵法者が叫ぶと、見物人の間から怒濤《どとう》のような喝采が巻き起こった。

又兵衛は純益の半分を子分どもにくれてやり、残りの二割を浪人に分け与えた。

9

又兵衛が剣豪商売を始めて、半月余り経ってのことである。いきなり強面《こわもて》の浪人者が二人、又兵衛に果たし合いを挑んできた。

「二人同時ではいかがか」

と言う。妙な男たちよ、と訝《いぶか》しかったが、一人も二人もさして変わりはない。

「よかろう」

と応ずると、果たし合いは一刻《こく》（二時間）後ではいかが、と言う。これまた、妙に急《せ》く奴よ、と思いつつ、又兵衛はこの条件も呑んだ。

さっそく、子分どもが幟を立て、橋の上で賭け金を募ると、又兵衛の試合見たさに百人を超える群衆が集まってきた。橋の上も河原も、もう見物人で鈴鳴りである。

二人の浪人者の得物は刀であった。これに対し、又兵衛が槍を構えると、いきなり群衆を割って、助太刀いたす、と五人ほどの浪人がばらばらと又兵衛を取り囲んだ。

「これは兵法者同士の果たし合い。卑怯《ひきょう》な」

そう叫んではみたものの、血気にはやる浪人者にはまるで届かない。

群衆の間から轟々《ごうごう》たる野次が飛んだが、現われた浪人者は、これも意に介する様子がなかった。

「妙な――」

そう思った時には、七人の浪人者はじりじりと間合いを詰めて、三間ばかりのところで半円をつくり、正眼《せいがん》に刀をとって隙なく陣型を固め始めていた。

「どうやら金で雇われた黒田の刺客のようだな。命が欲しくばくれてやってもいいが、欲しい理由が気に食わん。うつけ者の雇い主のくれる小銭が欲しいだけならば、この又兵衛、まだまだこの命やるわけにはいかん」

槍を腰だめに構え、ずずっ、と前に踏み出すと、

「キェ――ッ！」

かん高い叫びとともに、前の二人がほとんど同時に斬りかかった。

一人は上段から、もう一人は一文字の突きである。又兵衛はその切っ先を見切ってひらりとかわし、上段から斬ってきた者の腕を上から叩くと、その浪人は、刀を取り落とした。その脚に突きをくれた。浪人は激痛に悲鳴を上げた。態勢を立て直し、八双《はっそう》に構えてくるところを、ぴたりと槍の穂先を詰めると、前に進めぬまま、じりじりと後退した。

又兵衛が勢いよく槍を引くと、男の体は前に崩れた。

そのおどけた仕草に、群衆の間から拍手喝采が巻き起こった。

「ほれほれ」

又兵衛が槍の柄で足を掬《すく》うと、突きをかわされた男はもんどり打って、河原の砂利

の上に転倒した。

「腰抜けめ、それでは十年追いかけたところで、儂を討ちとることはできぬぞ！」

からからと高笑いし、残った浪人に詰め寄ると、いずれも青ざめた顔で又兵衛を見返すのが精いっぱいである。

「うぬらをこの槍の獲物としたところで、汚れるばかりだ。早々に立ち去れ！」

又兵衛が声高《こわだか》に叫ぶと、群衆の間からさらに大きな喝采が巻き起こった。この死闘が又兵衛と黒田長政が放った刺客の間のものであることを、どうやら京童も知っているらしい。

「黒田の腰抜け、帰れ！」

「後藤又兵衛、日本一ッ！」

喝采はやがて、怒濤のごとく河原を埋め尽くした。

この時、又兵衛も群衆も誰一人予想しない事態が生じた。

群衆を割って、いきなり弓を抱えた新手の浪人者が十四、五人ほど、又兵衛の前にバラバラと広がったのであった。

その先頭で指揮をとるのは、長政の腰巾着《こしぎんちゃく》村瀬九郎左であった。

「卑怯な！」

叫んではみたが、飛び道具ではどうにもならない。

その扇形に広がった陣型から逃れうる方法は、又兵衛にも見当たらなかった。

又兵衛は、槍を河原に投げ捨て、どかりと胡座《あぐら》をかいた。

「観念したか、後藤又兵衛。得意の長柄の槍も、弓矢には敵《かな》うまい。これで我らが執念が実り、ようやく国表《くにおもて》に戻ることができるわ」

憎々しげに又兵衛を見下ろして村瀬九郎左が言い捨てると、群衆から激しい野次が飛んだ。

その時——。

四条大橋の上がにわかに騒がしくなった。河原の者たちもいっせいに目を向けると、揃いの羽織袴姿の侍の一群が、欄干《らんかん》に身を乗り出し、刀の封印を解いて、身構えている。

「その喧嘩、ご助勢しよう！」

侍の一団の中に、奇妙なことに鮮やかな衣装の役者が十名ほど、混じっていた。

と、侍と役者の間を割って、一人の艶《あで》やかな女人がするすると姿を現わした。

出雲阿国であった。

「この河原は、あたしら河原乞食の縄張り、喧嘩をするなら、まずあたしたちに断わるのが筋だよ」

　阿国が、高らかに叫んだ。

　それを受け、風格のある老臣が言葉を継いだ。

「我ら、越後宰相松平忠輝が家臣、出雲阿国どのを送りこの橋まで通りかかったが、たった一人を相手に、卑劣な飛び道具、武士として見過ごすことはならぬ。まず我らを相手にせい」

　これには、黒田の刺客も青ざめた。松平忠輝といえば徳川家康の第六男にして、現将軍秀忠の弟にあたる。その松平忠輝を向こうに回し、外様大名の黒田の侍がまともに喧嘩のできるはずもなかった。

「この河原は傾奇き者たちの晴れ舞台、皆の衆、汚れた血はこの黄金で清めておくれ」

　阿国は、懐《ふところ》の金入れから小判の塊《かたまり》をひと摑みすると、橋の上からパラパラと撒《ま》き散らした。合わせれば、百両にもなろうという小判の量である。

　河原の群衆は、頭上から降り注ぐ黄金を先を争って拾い始めた。

　又兵衛が斬りつけた浪人たちまで、拾い始めた。その群衆の只中で、又兵衛だけが独り、ただからからと高笑いを続けている。

「おのれ、阿国め！」

村瀬九郎左は、怒気に顔を真っ赤に紅潮させ、阿国と又兵衛を交互に睨みすえると、抜き身の刀をひっさげたまま、人気のない方角へ河原をひた走り逃げ去っていった。

第五章　阿国恋情

1

「かかれ!」

東軍先鋒水野勝成《みずのかつなり》の号令一下、大坂夏の陣の火蓋《ひぶた》はいよいよ切って落とされた。

まず水野隊の幕下が、勇を競って小松山にとりついた。十倍の勢力差を前にして、戦略などあろうはずもない。ここは一気に力押しで攻める一手であった。

第一陣の松倉重政《まつくらしげまさ》隊、奥田忠次《おくだただつぐ》隊が、山の正面を駆け登った。

だが後藤隊は強かった。後藤隊の武将山田下記《げき》、片山助兵衛が、群がり登ってくる徳川勢を思うがままに突き崩し、追い落とし、敵将奥田忠次の首を上げ、さらに松倉重政を坂から転げ落として追い払った。

又兵衛は、山頂の陣中にあって、法螺貝《ほらがい》を吹かせ、山田、片山の両将にさらに潰走《かいそう》する東軍を追わせ、国分の隘路《あいろ》口まで追撃させた。

わずか三千足らずではあるが、討ち死に覚悟の強者《つわもの》ばかり、しかも隘路で向かい合うため、ほとんど一騎討ちといっていい。

東軍はたまらず後退を始めた。後藤隊は、緒戦の連戦連勝に沸き返った。

「だが、勝負はこれからだぞ。けっして、気を緩《ゆる》めてはならん！」

又兵衛は、顔を綻《ほころ》ばせる近習や馬廻りの者たちに檄《げき》を飛ばした。

大将を守る近習や馬廻りの者たちにとって、今はまだ戦いの時ではない。最後に又兵衛が動く時、彼らもまた動く。

「我らは、もとより華々しく散る覚悟。それより、時がございません。早くお話の続きを。我らは後藤様の生涯を、短かった我らの生涯を補ういまひとつの人生として、ぜひとも生きてみとうございます」

馬廻りの岡崎兵助《おかざきへいすけ》が、大将への遠慮もすっかり失せて、大声を張り上げ、話の続行を又兵衛に求めた。

「殿、我らはわずかな者を除いて、女人と色恋沙汰におよんだこともなければ、抱いたこともございませぬ。日本一の舞い姫とその名も高き出雲阿国との恋、ぜひとも冥土の土産にお聞かせくだされ！」

賛意を得ようとあらためて皆をぐるりと見渡し、長澤九郎兵衛が又兵衛に強く求めた。

「よかろう。阿国とのことはとうに終わっておるが、恋の余韻は今も儂の心に残っておる。話してやるわ」

又兵衛は、遠い雄叫《おたけ》びや銃声に動ずる様子もなく、ゆっくりと目を閉じ穏やかな表情に戻ると、また目を見開き、取り巻いた若侍の顔を一人ずつ我が子のように親しげに見回した。

2

又兵衛の住まう掘っ立て小屋に、連日阿国の姿が見られるようになって、すでに十日が過ぎようとしていた。

阿国としては、又兵衛にここから一町（約一〇九メートル）ほど離れた一座の小屋で暮らしてほしかったが、又兵衛はどうしても首を縦に振らなかった。刺客につけ狙われる身の又兵衛が一座に腰を据えれば、どんな迷惑が座員に及ぶかもしれない。

「こちらにも、腕のいい男たちがいくらでもございます。それに、ひいき筋のお大名もお味方をしてくれましょう。何の心配もありはしませぬに」

そこまで言われても、又兵衛の気持ちは変わらなかった。ついに諦めた阿国が、こうして河原の小屋に通い詰めるようになったのである。

「ほんとうに、何の遠慮もいりませぬに……」

阿国は、湯を起こして、いつものように又兵衛の背中を流しながら愚痴をこぼした。

「我ら一座は、縁なき者の楽土《らくど》、皆が助け合うて生きております。又兵衛さまも、早う我らとともに」

毎日毎日、同じことを言い続ける。

又兵衛の背を流しながら、阿国は日課のように又兵衛の無数の古傷に触れた。古傷のひとつひとつを探るうちに、恋しい男だけが憶えている幾多の合戦のありさまを、おそるおそるも脳裏に想い描くことができるのである。

そうすることで、阿国は又兵衛と同じ経験を共有し、ともに生きる悦《よろこ》びに浸ることができるのであった。

「又兵衛さま、阿国はもう、そなたとひとときも離れることができませぬ。この阿国、朝鮮で又兵衛さまが狩り取られた雌の虎、又兵衛さまの腕の中では手も足も動かせませせぬ」

「なんの、儂は、雌狸に魅せられ、すっかり肝を抜きとられた狩人だ。どうのたうち回ったところで、そなたの甘味な恋の媚薬から逃れることはできぬ」

言いながら、又兵衛の力強い肢体が阿国の白い豊潤な裸体をしっかりと抱き締め、野獣のような雄々しさで貫いていく。

阿国は、とろけるような甘い喘《あえ》ぎとともに、全身を痙攣《けいれん》させせくりかえし、果てた。

阿国が又兵衛の元に通うようになって、二人の仲は京じゅうに知れ渡った。

当節、京いちばんの美女と評判の阿国に、堺、大坂の商人から有力大名まで、側妻《そばめ》に側室にと名乗りを上げる者も数知れなかったが、又兵衛が現われるまで阿国の恋の相手といえば、これまた当世一の若衆の呼び声高い名古屋山三であった。

彼もまた槍をとっては当代一と評判で、この点で京童は二人を比べたが、又兵衛と山三では異なる点も多かった。まず、歳があまりに違いすぎる。又兵衛はすでに五十の峠を越え、山三はまだ二十代である。

昇りつめた後の、気だるい余韻の中で、阿国は又兵衛の中になおある阿国への遠慮に先回りして言った。

「山三は一座のお飾り、又兵衛さまと似ているのは槍の使い手というだけのことです。あたしが、あんな浮かれた若衆に入れあげてるなんて、思わないでくださりませ。山三はまだ子供、又兵衛さまのような頼もしい殿方があたしの好みなのでございます」

「その言葉は嬉しい。だが、儂は敵が多い。あまり睦《むつ》まじく振る舞うと、一座に迷惑が及ぼう」

又兵衛は、先の黒田の刺客の一件を思い浮かべて言った。

「いいんですよ。それも全部宣伝に使えます。あたしが又兵衛さまといい仲だっていうんで、一座の人気はまたまた上がっているんですよ」

「ならばよいが……」

又兵衛は、阿国のほつれ髪をいかつい指でいとおしげに撫で、また力強く抱き寄せた。

たしかに、天下一の役者とうたわれる出雲阿国といえど、やはり人気商売、人気の浮き沈みはある。京童は新しもの好きで、気も多く、飽きも早い。出雲阿国を真似た新手の踊りが次々に生まれている。京童が目移りして、いつ他の女人に関心を向けてしまうかもわからないのである。又兵衛と阿国の浮名が広まれば、阿国一座の名を高める恰好の材料にはなろう。

「儂のために、そなたの名声が上がったというのなら、ささやかながら返礼ができるというものだが――」

又兵衛は、弓隊に狙われた折の助太刀を思い返した。

「だがな、危ない目にあわんでほしい」

「いいえ、この京では黒田の田舎侍なんかには一本も指を触れさせやしません。ここは天子さまのお膝元なんです。それに外様大名なんかでは頭の上がらない、徳川さまのお血筋だって来ておられます」

阿国が、京に来ている松平忠輝について言っているのは明らかだった。

「その松平忠輝だが、どのような男だ。先日は危ないところを助けられた」

又兵衛は、胸に顔をうずめる阿国の顔を覗いた。

「当節、揉み手のうまい大名の多い中、なかなか骨のあるお人と評判です」

「ふうむ。見どころがある男か」

又兵衛は横抱きにした阿国の背中に手を回し、その華奢《きやしや》な背骨を指で撫でた。

「まだまだ腰抜けではない侍もございますよ。奥州の伊達《だて》、薩摩の島津、そうそう、いっそ徳川に仕官なされるのも手かもしれません」

「阿国、そなた、この儂に徳川に尾を振れと」

「徳川と申しましても、徳川でない徳川、徳川嫌いの徳川もございます。越前の松平忠直さまは、将軍家の甥《おい》で、越後の松平忠輝さまは将軍家の兄弟にございます。いずれも将軍家へ反発を募らせ、大坂方に味方するかもしれぬと、世間ではもっぱらの噂」

「ううむ」

「ことに忠輝さまは、戦国武将そのままの気概と評判です。それだけに又兵衛さまも、きっとお気にいられましょう」

又兵衛は阿国が親しげに言う松平忠輝に、軽い嫉妬《しっと》を覚えた。

「松平忠輝か。その名、覚えておこう。それにしても、そなたにあれだけ供の者をつけるとは、よほど入れこんでいるな」

「妬《や》いてくれますか」

阿国が、くつくつと含み笑って、また又兵衛に裸身を寄せた。

阿国の裸身をふたたび横抱きにした時、小屋の外にバタバタと足音が上がった。

肘《ひじ》を立て、又兵衛の顔を見やった阿国の顔が曇っていた。

「山三ではないのか——」

又兵衛が、訝《いぶか》しげに問うと、阿国はじっと黙り込んだまま、外の物音に耳を傾けるばかりであった。

3

又兵衛と阿国の噂が京じゅうに広まるにつれ、又兵衛見たさの京童が、これまでにも増して数多く河原に下りてきて、又兵衛の小屋を覗いていくようになった。

又兵衛が鑿《のみ》を懐《ふところ》に本阿弥光悦邸に向かえば、どこから現われるのか、見物人がぞろぞろとあとを追ってくる。

たまらずに幾度も声を張り上げて追い払うが、皆けらけらと笑うばかりで退き下がる者などありはしなかった。

又兵衛は、すでに京童の間では英雄であり、男の中の男であった。又兵衛がそうした男たちに手荒い仕打ちをするなど、想像だにしていない。

こんな具合いで、又兵衛の名が高まるにつれ、果たし合いを求める兵法者もしだいに増えてきたが、今度は又兵衛がぷつんと立ち合いをやめてしまった。阿国がしきりに、

——そのようなあさましいこと、
と、又兵衛を諫《いさ》めるからである。

「情けのうございます。河原のならず者と刃物三昧《ざんまい》では、天下の槍名人後藤又兵衛の名が泣きます。又兵衛さまは、どこまでいっても又兵衛さま。仁王のように、武将として毅然《きぜん》としておられてこそ、お人柄が引き立ちます」

「ならば、そなたは儂にどうせよと」

又兵衛が尋ねると、

「それは知りませぬ。ただ、ご自分を安く売るのは、おやめくだされ、と申しております。我々役者とて、ただ芸を日々の糧《かて》を得るだけのものとは思っておりません。芸を通して、心を見てほしいと思っております。又兵衛さまも、ただ槍の名人が誇りではござりますまい。武士の魂こそ大切、それをお忘れになりますな」

そうまで言われてしまえば、又兵衛も二の句が継げない。又兵衛は槍の芸のみで糊《こ》口《こう》を凌《しの》ぐ安直な生き方を深く恥じ、しばらくは槍さえも握るまいと心がけるのであった。

又兵衛が、小屋に籠ってほとんど外に出ることがなくなってから一月ほど経ち、ようやく又兵衛の周辺に静けさがもどった。

又兵衛は、朝な夕な黙々と仁王像を彫り続けた。夜を徹し、一心不乱に打ち込んでいるうちに、朝を迎えたこともしばしばである。

たしかに不規則な生活は五十路を越えた又兵衛の体にはこたえたが、心の満足ははかり知れないものがあった。

又兵衛はようやく俗世の恩讐《おんしゅう》を超えて、己自身を取り戻し、己の心のままに生きる悦《よろこ》びを知るにいたった。又兵衛は鑿と一体となり、いつしかその鑿さえ忘れて、仁王像と一体となった。

それは、元服前、手が腫《は》れ上がるほど槍を握り、ようやく槍一振りが己と一体となったあの感覚と同じであった。

仁王像が完成した朝、又兵衛は木の香もまだ新しい己の作品を見据えて、

（又兵衛よ、心豊かな思いのできるこの自由、失うまいぞ）

そう、心に誓うのであった。

ちょうどその時、又兵衛の心の平穏を破って、鋭い殺気が又兵衛の全身を弾かせた。

（何奴《なにやつ》ッ！）

又兵衛は、静寂の中にその気配を追った。

河原で水を飲む小鳥の声が近い。戸口に目を向けて、又兵衛はカッと見開いている。まるで眼前の仁王像のようであった。

その時、又兵衛に向けて槍の穂先がいきなり突き込まれた。

狭い小屋の中を、斜めにかわすと、又兵衛は咄嗟に槍を探った。槍は、二間ほど先の小屋の隅に立てかけてあった。

そこに駆け寄ると、ふたたび第二撃が突き込まれた。

防げぬと見た又兵衛は、咄嗟に、出来上がったばかりの仁王像を手に取っていた。槍の穂先は、仁王像の胸を半ばまで貫いて止まった。

部屋の隅に向かって転がると、槍をひったくり、勢いよく外に飛び出した。

ほおかむりをした七人ほどのならず者が、殺気をはらんだ形相《ぎょうそう》でバラバラと又兵衛を取り囲んだ。その中の一人が、穂の先に突き刺さった仁王像を投げ捨て、おもむろに槍を構え直した。

半ば顔は隠れているが、男の顔に又兵衛はたしかに覚えがあった。切れ上がった細い目、すらりと尖《とが》った鼻、その端整でどこか冷やかな顔立ちは紛れもない名古屋山三である。

（おぬし……！）

又兵衛はたじろいだ。阿国の座員と立ち向かわねばならないのである。

「又兵衛、貴様の命はもらい受ける」

山三が冷笑をたたえて言い放った。

「阿国を奪われた逆恨みか」

「なに、この名古屋山三の槍捌《さば》き、田舎侍の技と比べてみたくなっただけよ」

言うなり、スルスルと前に踏み出し、一気に突き込んでくる。足の乱れもなく、間合いの読みもしっかりしている。

――できる、
感心してはみたが、二度、三度つっかけ退くうちに、しょせん敵ではないことがわかった。

喧嘩の槍と、戦場の槍はまるで違う。刃物の槍と、命を懸けた槍を捌く一挙手一投足にこめる気迫がまったく別物であった。武士と悪童の魂の違いでもある。

又兵衛は、山三の腕を見定めると、一気に仕掛けていった。

又兵衛の迫力に負け、山三はみるみる後退した。なおも追うと、山三は最後の気迫を込め、かろうじて押し返したが、又兵衛は山三の突き出したその槍先をかわして下から叩くと、山三の槍は勢いよく弾かれて、弧《こ》を描き河原に落下した。

そのまま山三の喉元に槍を詰めると、これを見ていたならず者たちが、

「て、てめえッ!」

ようやく山三に助けを出した。

一対一ではむろん敵ではないが、いっせいに詰めてこられれば、やはり面倒である。

「河原の鼠《ねずみ》どもめ、この又兵衛、本気で相手をするぞ。ここを賽《さい》の河原と思い定め

て、かかってこい！」

叫びながら、頭上で大槍を旋回させ、一気に迫ると、男たちは、たちまち腰くだけとなって四散していった。

「親分ッ！」

ややあって、彼方から又兵衛を呼ぶ声があった。

額《ひたい》に手を当て、朝霧を透かして見れば、段三と蓑吉が、槍や刀、鎖鎌などを振り回しながら、血相を変えてこちらに向かってくる。

又兵衛はニヤリと笑い、

「来るのが遅い。子分の縁はこれまでにする」

槍の尻をどんと河原に叩きつけ、

「意気地のない奴めが」

叱りつけると、二人の子分は頭を掻きながら幾度も謝った。

ふたたび山三に目を向けると、

「恋の鞘当てもよいが、卑怯な手段は使わぬことだ。人を頼んで、寝込みを襲うとは卑劣千万。天下に聞こえた色男の名が廃《すた》るぞ」

又兵衛が伜に諭すように折檻《せっかん》すると、山三は膝をつき、

「今日は不覚を取ったが、いずれこの礼はする。首を洗って待っておれ！」

吐き捨てるように叫んで、あとも振り返らずに逃げ去っていった。

4

又兵衛と山三の喧嘩が、又兵衛の圧勝に終わった経過は、瞬《また》く間に京じゅうに広がった。「槍の又兵衛」の名声は、ふたたび鰻《うなぎ》上りに高まっていった。

またしても、又兵衛の小屋には大勢の見物人が押しかけ、又兵衛のあとを追う人垣が列を成した。

そんなこんなが、ふたたび又兵衛の心を暗くした。

(京すずめの間の名声になんの意味があろう)

又兵衛は、極力外出を避け、小屋の中に閉じ籠って仁王像の制作に没頭した。

訪ねる者といえば、阿国ばかりである。子分たちは、又兵衛の形相のあまりの恐ろしさに、遠巻きに様子を見守るばかりであった。

そんな折、又兵衛の小屋に、身分卑《いや》しからぬ若侍が、数人の供を連れ姿を現わした。

歳格好は、まだ二十歳《はたち》そこそこか、派手な辻が花の羽織姿からして、どこぞの裕福な大名と見える。

異様なのは侍の形相であった。鬼相である。茶筅《ちゃせん》のように突き立てた髷《まげ》、天狗のようにカッと見開いた瞳。鼻は押しつぶされたように低い。それに、牙でもこぼれそうな大きな口と、突き立った二つの耳。しかも、疱瘡《ほうそう》の跡が覆い尽くす顔である。

「珍しい顔であろう」

悪びれる様子もなく、若侍は又兵衛に笑いかけた。

「正直に申さば」

「生まれながらにこのように憎々しげな顔なのだ。それで、ずいぶんと損をした。父に嫌われ、兄に嫌われ、命までつけ狙われている」

又兵衛は、ハタと思い当たった。

この若侍は、越後七十五万石の国主松平忠輝に相違ない。

忠輝は、家康の子として生まれながら、顔が醜く、気性が手のつけられぬほど荒々しいゆえに、兄ばかりか徳川家重臣にまで疎《うと》んぜられ、ようやく奥州の虎伊達政宗の娘五郎八《いろは》姫を娶《めと》って、越後高田に急ごしらえの城を与えられている。

策士の誉れ高い勘定奉行大久保長安《おおくぼながやす》を付け家老として与えられてから、偏屈ぶりとヘソ曲がりが、いっそう増したともっぱらの評判である。

「松平忠輝殿とお見受けした。しかし、なにゆえこのようにむさ苦しい所に……」

「おぬしに会いたかったからよ。おぬしのことは、阿国からいろいろと聞き及んでいる。どのような向こう見ずか、どのような豪傑か、ぜひとも一度この目で見たいものと思うてな」

「後藤又兵衛、逃げも隠れもいたさぬ。いかがかな、初めて目《ま》の当たりにする拙者は。偏屈でヘソ曲がりの忠輝殿が見れば、変わり者の爺《じじい》も真っ正直の古武士に見えるのではないか」

「いやいや、なかなかに小意気で、男気もたっぷり、今様の傾奇き者と見えましたぞ」

「それはまことかの」

又兵衛が、歳甲斐もなく目を輝かせた。

「ただ、その男気、もっと肩の力を抜かれたほうがよかろう。お歳にさしつかえるでな」

「はて、それは聞き捨てならぬ！」

又兵衛が、憮然として声を荒げた。

「ほほう、怒ったか。されば、得意の槍で儂を突くか。その気迫、それでこそ後藤又兵衛殿だ」

　忠輝が一歩退いて、又兵衛をからかった。

　まだ歳若い家臣たちが、素知らぬ振りをして川面《かわも》を見ている。

「おぬしは朝鮮の役で誰にも真似のできぬ武勇の数々を残したそうだな。戦さの采配《さいはい》にかけては、あの黒田長政も、加藤清正も、足元にも及ばなかったと聞く。どうだ、戦さをせぬか」

「戦さ――？」

「将棋だ」

　又兵衛は、呆気《あっけ》にとられ、あらためて忠輝を見返した。

　阿国のさしがねで、仕官話でも持ち込んできたか、と身構えたが、どうやら戯《たわむ》れに来ただけらしい。

「たかが将棋では面白うない。何かを賭けて勝負せぬか」

　又兵衛も、つられて遊び心を起こした。

「どうだ、おぬしの阿国を賭けぬか」

　忠輝が又兵衛を見てニコリと笑った。

「阿国をか。ならば、おぬしは、越後七十五万石とはいかぬか」

「それでよい」

忠輝は平然と応えた。

「面白い賭けだな。これで、おぬしが勝てば、七十五万石を手にいれる。負ければ、天下一の女人を失う」

又兵衛も、屈託なく笑った。

伴の家来は、またもや主の戯《ざ》れ言《ごと》かと、知らぬ振りを決め込んでいる。

将棋の駒と盤は忠輝持参のものである。用意周到なことに、主と又兵衛のための二脚の床几《しょうぎ》まで用意されているのであった。

互いに睨み合っての勝負は、ものの四半刻と経過しないうち、呆気なくついてしまった。又兵衛の完勝である。

「忠輝殿、越後一国、約束どおり拙者に下されるな」

「これは困った」

忠輝は本心から困惑した体《てい》で、後ろ首を叩いて嘆いた。

「儂は、あのような小城、さっさとくれてやりたいが、実はあの領地も預かりものなのだ。狸爺と兄上殿のな。あの二人がよいと言わねば、儂には何とすることもできんのだ」

　忠輝は深刻な顔でじっと又兵衛を見つめた。

「そんなところであろう」

　又兵衛は、鷹揚《おうよう》に笑った。

「忠輝殿は父君が怖いのか」

「なんの」

　今度は忠輝が、憮然として顔を赤らめた。

「儂は、恐れる者などない。ただ、心底父に嫌われているのはいかんともしがたい。だからこそ、北の僻地《へきち》に追いやられ、冷や飯を食らわされているのだ。だが、今度は父に復讐するぞ。それを父も兄も恐れている」

「恐れている？」

「俺が兄秀忠の地位を、いや、父の築いた徳川の天下さえも脅《おびや》かすのではないか、と心配しておるのだ。豊臣と組んでみたり、義父伊達政宗殿と組んでみたりしてな。気の小さい父上よ。太閤殿のほうがはるかに器《うつわ》は大きかったわ」

「で、忠輝殿にその気は本当におありか」

「ないと思ってか」

　松平忠輝が目を剝《む》いた。

「ないとは思わぬが、しかし、親と子だからな」

「戦国の世には父と子も、兄弟も争い合っていた。のう、又兵衛――」

「なんでござる」

「儂に、仕官せぬか」

忠輝が又兵衛の顔を覗き込んだ。

「いやでござる」

「なぜだ」

「主従となれば、その癇癪《かんしやく》のご気性で、無理難題を押しつけられる」

又兵衛は、ニヤリと笑った。

「まあ、よい。後藤又兵衛が大いに気に入った。五万石でも惜しくはない。いずれ出直してくるぞ。次の機会には、有無《うむ》を言わさず儂に従わせてみせる」

松平忠輝は、毅然として立ち上がると、慌ててあとを追う家臣を尻目に、河原の土手を駆け上がっていった。

5

「山三さんの行方がわからないんですよ」

阿国が又兵衛の小屋に訪ねてきたのは、その翌日のことであった。

山三には傾奇き者特有の捨てばちな一面もあったが、芝居の勘は当代一流で、戯作のほうも多才にこなし、次々と新作を繰り出していた。

「山三がおらずに、一座は成り立つのか」

又兵衛が尋ねると、阿国は、

「それは大丈夫ですよ。戯作者は阿国のためなら誰でもいちばんに書いてくれます。若衆だって、目鼻立ちの整った者はいくらでもいます」

芝居の面では、さして心配する様子もない。

阿国にとって、山三はもはや遠い昔の想い出に過ぎず、男といえば、又兵衛ただ一人らしい。

それに、今のところ一座の人気も又兵衛と阿国の話題でもちきりで、山三の失跡がこたえそうにない。

そんな安心から、又兵衛の顔を見るや、

「山三のいない間は、小屋で寝泊まりしてくださいまし」

と、我が儘を言い出す始末である。

その口実がまたふるっている。山三の槍の腕は又兵衛ほどないまでも一流で、だからこそ一座は安全にやってこられた。だが、山三が消えたので、これからは盗人も遠慮なく押し入ってこよう。又兵衛が護《まも》ってくれなければ、一座は立ちゆかぬ、と言うのである。

それがとりとめのない方便であることは、又兵衛も初めからわかっている。

「だが、山三は捨てばちだ。何をしでかすかわからん。儂がいれば、一座の者たちも巻き添えを食うことになるかもしれぬぞ」

又兵衛が言うと、

「山三さんも根っからの役者です。昔の仲間に危害を加えることなんてありはしません」

阿国は、又兵衛の危惧《きぐ》などまるで意に介するふうはない。

阿国の恋情に絆《ほだ》されて、又兵衛がついつい求められるままにその住処《すみか》を移し、芝居小屋を塒《ねぐら》とすることに決めたのは、その翌日であった。

又兵衛が阿国の所へ移り住んだことは、京童の間に瞬《またた》く間に知れ渡り、芝居はさらに盛況となった。

その大半は、もちろん又兵衛見たさである。

又兵衛はけっして姿を見せなかったが、それでも客は、あの後藤又兵衛のいる小屋で芝居を見た、というだけで満足して帰っていった。

又兵衛が芝居小屋に移り住んで、さらに十日ほど後のこと、本阿弥光悦の使いの者が芝居小屋を訪れ、

――ぜひともお越しいただきたい。

と伝えに来た。

光悦の師匠筋に当たる古田織部が、折り入って話がしたいと言っているのである。

又兵衛は首を傾げた。織部の子九郎八から申し出のあった豊臣家仕官の話は、きっぱりと断わっている。

まして、古田織部は現将軍徳川秀忠の茶匠である。東西の雲行きが怪しくなっている今、織部が息子九郎八のために豊臣に仕官してほしい、と求めてくるとも思えなかった。

といって、それ以外に織部から対面を求められる理由など思い当たらない。

訝《いぶか》しく思いつつ、その日の夕刻、又兵衛は一月ぶりで光悦邸を訪ねた。

庭の菖蒲《しょうぶ》の花の見える部屋で、又兵衛は、すでに武人の面影は薄れ、すっかり茶匠として風格を備えた古田織部と対面した。

織部は、父よりもはるかに武人らしい息子の九郎八を伴って、又兵衛と向かい合った。

織部は織田信長、豊臣秀吉に仕え、小牧《こまき》、小田原の合戦に参戦、朝鮮にも渡海して、奮戦している。つとに有名なこの茶人を、又兵衛は幾度か戦場でも見かけたことがあった。

今や現将軍の茶匠として、また自由な造形で一境地を開いた陶芸家として、並ぶ者のない織部であるが、又兵衛の前では、予想外のやわらかい物腰で穏やかに挨拶を交わした。

「実は本日、後藤殿には大変なお願いがあってまいりました」

「はて、なんでござろう」

又兵衛はあらたまった顔で織部を見据えた。

「わが主たる将軍家が、ぜひとも後藤様を召し抱えたい、と申されておられます」

「将軍家が！」

思いもよらぬ申し出に、又兵衛は一瞬言葉を詰まらせた。

「これは異なことを申される」

「どこで聞きつけられたか、秀忠公は後藤殿が浪々中のことをよくご存じで、関ヶ原合戦のあの目ざましいご活躍を思い返され、ぜひとも将軍家でじきじき召し抱えたいと」

「妙なこと。関ヶ原の武勇と申されても、初戦での小競り合いは別として、拙者は、それほど高く評価していただくほどの働きはいたしておりませぬが」

「されば……」

古田織部はしばし言葉を詰まらせると、

「いたしかたありますまい、何もかもお話し申し上げましょう」

あらためて、又兵衛に向き直り、声を落とした。

「じつはな、後藤殿。ここだけの話でござるが……。将軍秀忠殿と松平忠輝殿御兄弟との間が、このところとみに険悪になっております」

織部は、顔を微《かす》かに歪めた。

「そのこと、私からお話しいたしましょう」

、織部の顔に過《よぎ》った不快感を察知した息子の九郎八が、身を乗り出し、父に代わって言葉を継いだ。

「将軍家におかれましては、松平忠輝殿のすることに一から十まで不満を募らせておられるご様子。大坂城が欲しいと忠輝殿が家康公に申し出られた時など、憤懣《ふんまん》やるかたないご様子で、忠輝殿のなさること、次から次へと潰しにかかっておられます。このたびは、松平忠輝殿が又兵衛殿にひどくご執心。それならば、と将軍家も対抗意識を燃やし、このご仕官の話となったように思われます」

「なんとも子供じみた……」

「そこで、将軍家は、松平忠輝殿のお申し出に一万石多い六万石にて、お召し抱えたいとのご希望でござる」

今度は織部が言って、又兵衛の顔色を窺った。

「六万四千石……でござるか」

驚いた又兵衛が、すぐに笑みを浮かべて織部を見返した。

「ご不満か……」

「なんの、もとより法外な御申し出。もったいないお話ではござるが、……それにしても刻みましたな、将軍家は」

又兵衛の返答に、織部と光悦が顔を見合わせて吹き出した。

「秀忠公とは、そのようなお方にござります。もっとも話はここだけのことでございますがな」

「それにしても、秀忠公は御尊父家康公にも北の方様にも頭が上がらぬと聞き及びまするが、いかに忠輝殿への対抗心ゆえと申されても、なにゆえ拙者などに……、そこのところが、今ひとつ解《げ》せませんな」

「この秀忠公と忠輝殿の対立、元を辿《たど》れば、江戸と大坂の対立に起因しておるように思われます」

本阿弥光悦が、おだやかな口調ながら、鋭い眼光を光らせて言った。

「と申されると――」

「将軍家は、松平忠輝殿が、大坂につくことを恐れておるのでございます。忠輝殿の奥方は熱心なキリシタンで、その父は独眼竜伊達政宗公。それに松平忠輝殿についた老中は、あまた金脈を掘り当てて徳川家の屋台骨を支える名うての知恵者大久保長安。役者が揃っております。いったん東西間の戦さの火蓋が切って落とされたら、十万とも二十万ともいうキリシタンが、大坂方につくはず。その頭目にもされそうなのが、松平忠輝殿なのでございます」

「そのような動きが実際にあるのでござるか」

「ありえまする」

平然と古田織部が言った。

本阿弥光悦も頷く。又兵衛はふと、大坂方に加担してみせると捨て台詞《ぜりふ》を残して去った松平忠輝の不敵な眼差しを思い返した。

「又兵衛殿とて、その名も高き戦さ人、松平忠輝殿の軍勢に加わり、一騎当千の働きをなされては、東軍勝利の公算も大きく狂います。おそらく、将軍家はそこまで読んでおられるのでございましょう」

古田織部は、そう言って息子の九郎八を見やった。

九郎八は薄笑いを浮かべて、又兵衛を見ている。

(なるほど、そうであったか)

又兵衛は、すべての疑問が解けた思いであった。松平忠輝は、ただの若侍ではない。又兵衛獲得の狙いが、女の奪い合いなどではなく、別のところにあったのである。

又兵衛はそれに気づかなかった己の不覚を恥じ入った。

「しかしながら、松平忠輝殿はすでに道を塞《ふさ》がれてしまいました」

古田九郎八が、冷めた口調で言葉を添えた。

「いま江戸では、老中大久保忠親と本多正純《ほんだまさずみ》の争いが火花を散らしており、どうやら本多が大久保を制したとも聞いております。忠輝殿は、大久保の筋、いずれこの勢力争いの火種が忠輝殿にも飛び火しましょう」

「なんとも気の重い話でございます」

腕を組み、じっと話に耳を傾けていた光悦が、吐息とともに言った。

「いずれにしても、拙者に仕官の気はありません」

又兵衛がきっぱりと断わると、

「拙者は、将軍家のご意向を貴殿にお伝えしたまで。気の進まぬ話には乗る必要もござるまい」

肩の荷を下ろし、穏やかな表情に戻った織部が又兵衛を見かえした。

「いや、正直のところ、後藤殿がこの話をお受けにならぬと聞いて安堵いたしました。後藤殿が徳川家につけば、忠輝殿は反発して、兵を率いて大坂城に籠城するかもしれませぬ。これは、それほどの大事」

「それにしても、光悦殿が羨ましゅうございまするな。生臭い政争からは無縁のところで、美の世界に打ち込んでおられる」

古田九郎八の言葉に、光悦は不安げに九郎八から織部に目を移した。

「織部様も、そうなさればよろしいのです。天下一の茶匠といわれた千宗易《せんそうえき》（利休）殿も、結局あの豊臣政権内の石田派と反石田の外様《とざま》派の生臭い争いに巻き込まれて、命を絶たれてしまわれたではありませんか」

そう言う光悦に、織部はただ重い吐息をつくばかりであった。

徳川や伊達など反石田の大名と結びつく宗易を邪魔にして、石田派が太閤秀吉に讒《ざん》言《げん》した経緯はつとに有名である。

「父は、豊臣、徳川ともに縁が深く、両家が絶体絶命の修羅場《しゅらば》に陥ることをなんとしても避けねばならぬと、悩んでいるのでございます」

古田九郎八が、父をいたわるように言う。

「それほどまでに、東西の対立は深まっているのですか」

又兵衛が訊くと、皆一様に重く嘆息するばかりであった。

「ならば、拙者、いよいよもっていずれの家にも仕官するわけにはいきませんな。拙者の仕儀が戦さの法螺《ほら》貝となっては、何とも心苦しい」

「そこのところでございます。将軍家のご伝言ゆえ、申し上げねばなりませんでしたが、当方としてはこの話、纏《まと》まらねば、と祈っておりました」

織部はもういちどそう言って、両手を組み、それを額に当てた。

その仕種《しぐさ》に、又兵衛は、ふと死んだ義父黒田官兵衛を思い返した。生きていれば、官兵衛も織部ほどの歳である。キリシタンである官兵衛も、もの思いに耽《ふけ》ると、しばしば両手を合わせ、その手を額に合わせたものであった。

「失礼ながら、織部殿もキリシタンでございますか」

「いやいや、拙者は。それよりも、後藤殿の胸のクルスは――」

「これは義父黒田官兵衛孝高の形見の品。信心の証しではござらん」

「おお、黒田如水殿の」

「戦さのない世界が続けばよいが」

又兵衛は独白のように言って、冷めてしまった茶を、ゆっくりと掌に取り上げた。

「それよりも、後藤殿こそご難でございましょう」

そう言うのは、光悦であった。

「もしここで将軍家のお怒りを買っては、いずれの家中も、江戸の反発を恐れて後藤殿をお召し抱えにはなされますまい」

「拙者のことなど、ご心配くださるな。これでせいせいした、というのが本音でござる。長い浪々生活が身について、今さら宮仕えなど、息苦しいだけ」

「いざとなれば、豊臣家をお訪ねくだされ。我らは後藤殿をいつでも大歓迎でございます」

そう九郎八が言うと、又兵衛は真顔になり、

「そうはいきませぬぞ。拙者が加われればそれこそ戦さになります」

言って、からからと高笑いするのであった。

6

阿国の芝居小屋が、盗賊の襲撃を受けたのは、又兵衛が将軍家からの仕官の要請を断わってから五日ほど後のことである。

盗賊の一団は、藍染《あいぞめ》の手拭いで顔を包み、小屋を荒し回った。が、これといって目ぼしい物を奪った形跡はなく、別に目的があったことは誰の目にも明らかであった。

又兵衛の命が目当てであることはまちがいなく、それが証しに又兵衛の不在を確認すると早々に立ち去っていったのであった。

見たところ、黒田家の刺客ではなさそうであった。一団は明らかに町のならず者のようである。座員の話では、三条、四条辺りの河原にたむろする輩《やから》より凶悪な形相で、腕っぷしもさらに強いという。

乱暴狼藉を生業《なりわい》とする輩かもしれなかった。とすると、やはり何者かが金を与えて襲わせた可能性も残る。

「山三さんじゃないですよ。これは黒田の田舎侍の仕業《しわざ》。まったく汚いやり方」

吐き捨てるように阿国は言うが、小屋の者は、山三の仕業に違いない、と確信していた。

山三なら、阿国を奪《と》られた腹いせに、又兵衛に殴り込みをかけるくらいのことはやりかねないと、皆一様に考えているのであった。

いずれにしても、又兵衛はこのような事態を招いた責任を痛感した。

事の真相を確かめるため、又兵衛は河原の手下たちを引き連れ、山三の行方《ゆくえ》を追った。

見つけ出し、これが山三の仕業であれば、座員たちに謝らせたかった。

そして、又兵衛もまた、山三に謝りたかった。若い山三をこれほどまで追い詰めてしまったことに、心のどこかで呵責《かしゃく》の念を抱いたのである。

奪い、奪われる関係に、又兵衛もまた深く傷ついていた。

だが、山三が現われそうな場所をしらみ潰しに当たってみたが、その行方は知れなかった。

一カ月が過ぎようとする頃、又兵衛は突如阿国から意外な知らせを受け取った。名古屋山三が、ならず者と喧嘩し、落命したというのである。

小屋じゅうが悲嘆に暮れた。

「又兵衛さまが悪いんじゃありません。これが河原乞食のあたしたちの死に様なのですよ。ならず者と喧嘩して野垂れ死ぬなんて、いいじゃないですか。傾奇き者らしいじゃないですか」

阿国は、涙を拭《ぬぐ》おうともせず、鼻をすすって子供のように泣いた。

「好きになったら、好きになったでいいのです。嫌いになったら、嫌いになったでいいんです。腹が立ったら、怒ればいい。こだわることなんかないんですよ。生きることにこだわったら、あたしたちの、いちばん大事なものをみんな失ってしまいます。手かせ足かせでがんじがらめになって、死んだように生きていかなきゃならなくなります」

「そうだ。儂もそう考える。阿国と儂はよく似ておるな」

又兵衛は、阿国の手をとって、胸の内に掻き抱いた。

「儂も、今を一生懸命に生きればよいと思って生きている。これ以外にどのような生き方があろう」

又兵衛は、切なかった。人の世の、生きんがためのせめぎ合いの中で、又兵衛はまた一人、若者を死なせてしまったのである。

7

名古屋山三の身の潔白は、不幸なことにその死後になって証明されることとなった。

身内だけのささやかな葬儀の翌日、ふたたび阿国の芝居小屋が襲われたのである。襲撃したのは、前回と同じく町のならず者ふうの男たちであったが、それが黒田家に雇われた者であることはもはや明らかであった。山三は、すでに死んでしまっているのである。

この時は、ついに犠牲者が出た。稽古中だった役者三人が襲われ、酷《むご》たらしく殺された。その手口は明らかに侍のものであった。刀の扱いに慣れた者の手による惨殺だったからである。

座員の困惑と恐怖を狙った、陰湿極まりないやり方であった。又兵衛が不在のときを襲ったのである。

刺客の狙いは、ぴたりと当たったといってよい。追い詰められた座員の中から、又兵衛追放の要請が阿国に突きつけられた。

阿国はあくまで抵抗したが、又兵衛の決断は早かった。又兵衛は、自分のために犠牲が出たとわかって、一座に居残るふてぶてしさはもち合わせていなかった。

又兵衛は阿国にさえ告げることなく、襲撃のあった当夜、黙って小屋を後にした。阿国には、手紙をしたためた。突然の旅立ちを詫びる文面を数行簡単にしたためただけで、立ち去る理由も、どこに向かうかも記さなかった。

夜の白々と明ける頃、又兵衛は四条河原の掘っ立て小屋に立ち寄った。

ふと、もう一度ここで暮らしてみるかと思い立ったが、いかんせん芝居小屋からはあまりに近すぎた。

それに、このまま京に棲みつくには、又兵衛はあまりに苦い体験を重ねすぎていた。

京では、何もかもがあまりに早く動く。出会いも多いが、失うものもそれ以上に多かった。

京は、又兵衛にもっとも必要なものが欠けていた。それは自然であった。白い鰯《いわし》雲《ぐも》であり、その下に広がる青々とした山河であり、広大な海原《うなばら》であった。

又兵衛はそうしたものがなければ、生きてはいけない。又兵衛は、自分が自然の中で育った野生児であることに気づいていた。又兵衛は、そうしたところに無性に戻りたかった。

そうした自然のおおらかさがなければ、山三を失い、小屋の座員を殺された又兵衛の今の心の痛手と混乱は、とうてい癒《いや》しようもなさそうだった。

仕官への甘い夢、阿国への未練、ふたたび腹の底にぐつぐつと滾《たぎ》り始めた長政への憎悪……それらが、この町にいるかぎり、どこまでも増幅され、又兵衛を悪夢のように苦しめ続けるはずであった。

又兵衛はふらふらと河原に下り立つと、背中の笈《おい》を岸辺の岩の上にどかりと置いて、眠けを振り払うべく大欠伸《あくび》をした。

(儂は、疫病神《やくびょうがみ》だ。どこへ行っても不幸を起こす)

自虐的な思いが又兵衛を打ちひしがせ、切なさが、又兵衛の胸を圧した。

又兵衛は、とにかく一刻も早く京を後にしようと思った。

どこに行くあてがあるわけではない。だが、とにもかくにも京を離れたかった。それから先のことは、あとで考えればよい。

雲行きの怪しかった空から、ポツリポツリと、冷たいものが落ちてくる。

雨足はみるみる強まっていく。

雨に霞《かす》む川上の方向から、又兵衛に向かって一群の人影が迫ってくるのが見えた。

殺気を潜ませた侍の一団である。屈強な体軀、乱れのない姿勢から、いずれも手練《てだ》れであることがわかった。

目を走らせてみれば、先頭の侍は、村瀬九郎左であった。どうやら、芝居小屋から又兵衛のあとをつけてきたものらしい。

「来おったか――!」

又兵衛は低く唸った。

数人がたもとで雨を避け、何かを大切そうに抱えていた。どうやら鉄砲のようであった。

「おのれ、またもや飛び道具か」

又兵衛は咄嗟に、笈を楯に身を隠した。

「弔《とむら》い合戦か。それもよい」

又兵衛は、槍をぐいと引き寄せ、近づく敵に備えた。

総勢七人。鉄砲を抱えた三人以外の四人はすでに抜刀している。

その群れの先頭に立つのが、村瀬九郎左である。

「よくぞ、ここまで儂と旅を続けてきた。その執念は誉《ほ》めてやろう。だが、これより先は別れ道だ」

「なんの後藤又兵衛、貴様の、浮名の高い都暮らしもこれまで。これより先は、我らが地獄へ送り届けてやる。上意によって貴様を討つ！」

村瀬九郎左が手を上げるると、鉄砲を構えた三人の男が、又兵衛に向けてぴたりと照準を合わせた。

又兵衛は笈を背に、槍を懐《ふところ》近く引き寄せて、敵の接近をじっと待った。

間合いは、二十間（約三十六メートル）ほど。この距離なら、鉄砲弾はまず当たるまい。

敵もそれを承知なのであろう。まだ撃ってはこなかった。

ふたたび、じりじりと迫りくる。これ以上敵が近づけばまずい。

又兵衛は、立ち上がると、自慢の赤柄の大槍を頭上で、ぶん、と一回転させた。

「撃て！　当たれば褒美《ほうび》をやろう！」

又兵衛は、嘲《あざけ》るように声を張り上げた。

「ええい、撃て！」

村瀬九郎左の号令に合わせて、三人の男がいっせいに鉄砲の引き金に手を掛けた。

又兵衛の槍が虚空《こくう》を切ったのは、その時であった。

槍は、ぎりぎりに引き絞られた矢が勢いよく虚空に放たれたかのように、巨大な弧を描いて、敵勢に向かって飛んでいった。

村瀬九郎左が叫びを上げたのと、続けざまに銃声が上がったのは、ほとんど同時であった。

槍は、まるで吸い寄せられるように村瀬九郎左に向かっていき、九郎左の喉を貫き、その三分ほどを後頭部に突き出して止まった。

九郎左は、眼を剝《む》いたまま、屛風《びょうぶ》のように後方に倒れ込んだ。

三丁の鉄砲の弾丸は、又兵衛を大きく外していた。飛来する又兵衛の槍を恐れたため、手元が狂ったのである。

「うぬらか、阿国の一座を襲った輩《やから》は！」

又兵衛は、腰の斬馬刀を抜きはらい、颶風《ぐふう》のように駆け出していた。

鉄砲を構えていた三人は、あわてて刀の柄《つか》に手を掛けたが、間に合わなかった。又兵衛の激怒の形相に圧倒され、身体が硬直して、思うように動けないのであった。

退くにも、脚がすくんで、身動きがとれない。

一人は又兵衛の上段からの拝み斬りを受け、頭部を斬られ、血しぶきを上げて崩れ込んだ。

残った二人を、袈裟《けさ》に払い、胸を断つと、鉄砲を握り締めたまま、二人の男は膝をついて倒れて絶命した。

刀を抜く間もなかった。三人は、それぞれ袈裟に斬られ、胴を払われ、首を落とされて一瞬のうちに絶命した。

すでに刀を抜き払っていた三人も、戦意を喪失し、双眸を硬直させて、三人が倒されるのを見守っていた。又兵衛が向きなおると、ハッと我に返り、足をばたつかせたが、腰が浮いて思うように動けない。

それでも、二人が逃走し、残った一人が逃げ遅れて又兵衛に上段から斬り捨てられた。

又兵衛は血糊《ちのり》を手拭《ぬぐ》いで拭うと、ふっ、と吐息し、村瀬九郎左を見据え、その首から槍を引き抜いた。

二つの眼球を、それぞれあらぬ方向に向けたまま、多量の血糊を吐き出して死に絶えていた。

又兵衛は、

「無駄な殺生《せっしょう》をしてしまったわ」

吐き捨てるように言うと、刀と槍を鞘に収め、また笈を担いだ。

笈は、又兵衛の心を映して、鉛のように重かった。

橋を見上げると、霧雨の中で数人の行商人が青ざめた顔で又兵衛を見下ろしていた。

「見るものではない」

又兵衛が叫ぶと、みな悲鳴を上げて逃げ去っていった。

第六章　乞食大将

1

「真田隊はまだか！」

又兵衛は声を荒げて馬廻りの者に問いかけた。東西両軍四万の兵力が細い隘路《あいろ》で激突する国分峠の戦場である。寡兵ながらも、東軍先鋒の水野隊と雄々しく戦っていた後藤隊に、ようやく疲労の色が浮かんできたその時であった。

戦局は一進一退の膠着《こうちゃく》状態にあった。精鋭揃いの後藤隊も、さすがに多勢に無勢、次から次へ繰り出される水野隊の新手《あらて》に、前へ進むことができずにいた。

小松山山頂にあって、又兵衛はすぐに中軍を差し向けて交代させ、東軍を追い払ったが、やはり味方の数にはかぎりがある。

さらに東軍の水野隊の背後には、第二陣の本多隊が控えていた。

後方の物見から戻った者の報告では、ようやく後藤隊に追いついた後続の明石隊も、道明寺《どうみょうじ》辺りで東軍に遭遇し、激戦状態に入ったという。

こうなっては、あてにできるのは、後詰めの真田隊ばかりである。

「真田隊はいまだ――！」

その返答に、近習の兵は一様に顔を曇らせた。

「いよいよでござりますか――」

長澤九郎兵衛が、兜の下の又兵衛の顔を窺《うかが》った。

「なんの。諦めるではない。戦さはまだまだこれからだ」

又兵衛は、唇を歪めて九郎兵衛を見やった。

九郎兵衛は不思議に思った。さっきまで、又兵衛の顔に浮かんでいた焦りの色が、今はすっかり消えている。

どうしたことかと、九郎兵衛は又兵衛の双眸を窺ったが、あらためてこれが将たる者の器《うつわ》か、と思い至るのであった。

又兵衛はこの期《ご》に及んでも、どこまでも堂々として力強い。

「いいか。勝敗は、負けると思った時が負けになる。戦さ場では、最後まで勝ちを信じることだ」

又兵衛は、近衛の兵を見渡して力強く言いきった。

「はっ」

九郎兵衛が、又兵衛の気迫に突き動かされるように応えた。

「落ち込むな。人生、救いのないように思える時はあるものだ。だが、希望を捨てるな。たとえ希望は見えなくとも、次には予想もつかない好機が訪れるものだ。己を捨てるな。人は刻一刻を大切に生きれば天が味方しよう」

又兵衛の励ましに、九郎兵衛を含め、若い侍たちは一様に大きく頷いた。

「己を貫くことさえ考えておれば、人生の浮き沈みなど、どうということはない。どん底とは、己を失った時こそがどん底になるのだ」

九郎兵衛は、又兵衛の話にじっと耳を傾けながら、その仁王のように引き締まった力強い又兵衛の表情を見返した。又兵衛は、ついに終りに近づいた己の物語を語り終えるべく、次の言葉を探ろうとしているところであった。

2

すさんだ寒風が、そこだけ目に見えるように渦《うず》を巻いて高く旋回していた。又兵衛はそれを、己の心を見るように見上げていた。

はるかに海を望む紀州《きしゅう》の山路である。

この辺りには昔から、熊野古道《くまのこどう》という名の、熊野大社参詣《さんけい》のための山道が延びており、時の皇族や有力貴族が足しげく通っていた。

又兵衛もまた京を発《た》ち、大坂、堺を経由して紀伊路に至り、この古道に分け入ると、苔《こけ》むした石畳や石作りの古い道標を辿《たど》りながらようやく南紀の海にぬけたのであった。

又兵衛は、前かがみに力なく歩き続けた。

鬢《びん》には白いものが混じり、精気のあったその顔には、蒼《あお》い影が宿って、幾本もの深い皺《しわ》が刻まれていた。

すでに齢《よわい》五十四であった。歳相応といえばそうであるが、余人の及ばぬ強靱《きようじん》な精神と肉体を誇ってきた又兵衛の姿とみれば、いかにも哀れであった。

京を離れて半年足らずが過ぎたばかりであったが、この半年は又兵衛にとって、十年にも及ぶ長い歳月を思わせるものであった。

この間に、又兵衛の心はひどく老けこんでしまった。

又兵衛は、心の糧《かて》としていたすべてを失った思いであった。

それまで又兵衛は、黒田家を離れて、禄《ろく》は失いはしたが、心の自由を、魂の自由を守りぬいてきた。

だが、その長い自由への旅路の果てに、又兵衛はもうひとつの自由を失ったことにハタと気づいたのであった。

又兵衛は、何者かに成る自由を失ったのであった。

又兵衛は、自由を得て、己を失った。

己を己たらしめる基盤を、己を演じる舞台を失ったのである。

もう三日の間、なにも食べていなかった。飢えをしのぐだけの金に困っていたわけではない。蓄《たくわ》えはたしかに底を尽きかけていたが、笈《おい》の中にはまだ十両の金が忍ばせてあったし、甲冑《かっちゅう》を売り捌けば、相応の金にはなった。

だが、又兵衛は、その金に手をつけて食べ物を贖い、飢えをしのぐ気持ちにはなれなかった。

又兵衛はただひたすら老体を引きずって、見知らぬ土地をただ彷徨《さまよ》っているだけだった。

この辺りは、補陀落《ふだらく》信仰の強い土地で、海の彼方に彼岸があると信じて沖に出て、そのまま戻って来なかった者も多い。だが、極楽にもっとも近い土地を辿《たど》る又兵衛の心は、地獄を巡るかのように重かった。

又兵衛の生きる時代は、とうに過ぎ去ってしまったように思われた。

今は無骨一辺倒の、又兵衛のような武士が生きる時代ではない。又兵衛の価値を理解する者もなければ、その技量が高く売れる時代でもない。

又兵衛自身、そんな心の通じ合わない大名家に仕官し、禄を食《は》む生活に戻ろうとは思わなかった。

もはや、自身に与えられる場所はないのだ。

（それならそれで、野垂れ死ぬのもよいではないか……）

　又兵衛は、生きる意欲をほとんど失っていた。

　又兵衛は、熊野大社から、黒潮洗う奇岩の数々を見ながら、新宮《しんぐう》へ、さらに尾鷲《おわせ》へと足を向けた。

山中に分け入れば、すぐに海の色は消えて、原生林を思わせる緑濃い山岳風景が続く。

山路を抜け、峠道に差し掛かった又兵衛は、街道の彼方で、村人が群れを成し、青ざめた顔で民家の中の様子を窺っているのに目を止めた。

（何であろう）

いぶかしく思ったが、関わりのないことである。

そのまま行き過ぎようとすると、一人の農夫がいきなり又兵衛にすがりつき、腕をとった。

「どうしたのだ」

問い質《ただ》すと、農夫はへなへなと又兵衛の足元に崩れ込み、泣き伏した。

この地を治める古田《ふるた》藩六万石の家臣の子息たち三人が、この農夫の娘を抱え入れて家の中に立て籠り、

——来るなら来てみよ。その時は娘は殺す！

と叫んでいるという。娘を慰みものにしているらしい。

立て籠ったのは昨日のことであったという。その後、これといった要求もなく、何が目的で立て籠っているのかもわからない。

驚いたことに、当地の役人は、このならず者らの狼藉《ろうぜき》を見て見ぬふりで、いっこうに捕縛する気配がない。若い侍の中に、藩の重臣の子息が加わっているらしいのである。

しばらく前まで娘の悲鳴が聞こえていたが、もはやその叫びもやみ、生きているのやら、死んでいるのやら、想像すらできない、と農夫は嘆いた。

「娘を助けてくだされませ。お助けいただければ、お礼はなんなりともいたします」

気も狂わんばかりに叫んで、農夫はまた又兵衛の腕を引いた。

やむをえず又兵衛が近づいてみると、鍬《くわ》を抱えた村人が取り囲むその農家は、今、不気味に静まり返っている。

誰もが、娘は手ごめにされて、生きていることさえ、疑っている様子である。

だが、迂闊《うかつ》には踏み込むことはできなかった。娘が生きていれば、荒くれ者たちは、娘に刃を突きつけるであろう。狼藉者は、村人の命など露ほども重んじてはいまい。怒りに任《まか》せて娘を刺すことも十分に考えられた。

（どうしたものか……）

と思案していると、又兵衛に気づいて、家の中の一人が、

「そこの、乞食《こじき》浪人。近づけば、娘の命はないぞ」

板戸の隙間から顔を覗かせ、居丈高《いたけだか》に叫んだ。

元服をすましたばかりの、赤ら顔の若侍である。

「命がある証しはあるのか！」

又兵衛が問い質《ただ》すと、

「ある」

別の男の顔が覗いた。こちらは、二十歳をとうに越えた髭面の大男である。どうやら、この男が頭領格らしい。

と、しばらくして、助けを求める若い女の悲鳴が轟《とどろ》いた。村人の間から、安堵のため息がどっとこぼれた。

「娘を返してほしくば、飯と酒を用意しろ。それに、手元不如意《ふにょい》ゆえ、金も欲しい」

村人が、不安げに顔を見合わせた。

「そんな金、おらたちにはびた一文ねえ。飲まず食わずの貧乏百姓だ」

村の長老らしい白髪の老人が、声を張り上げた。

「ほざくな。この村は海山の産品が多く、裕福であること、ようく知っている。ほんの二十両ほど用立てれば、娘は返そう」

「ただし、もはやおぼこではないがナ」

男たちが、口々に笑った。

娘の父が、堪《こら》えきれずに鍬を抱えて小屋の中に飛び込んでいった。

続いて、家の中で絶叫が起こった。娘の絶叫であった。

「いかん！」

槍と刀を放り出し、又兵衛は家の中に駆け込んだ。荒くれ者たちが、娘に手を掛けることを恐れ、又兵衛は咄嗟に丸腰となったのであった。

中は、血臭でいっぱいであった。二人の男が半裸の娘を押さえつけ、もう一人が、今斬ったばかりの老人の骸《むくろ》を凍りついた目で見下ろしていた。

髭面の大男が、今その農夫をあやめたばかりの刀を握りしめ、飛び込んできた又兵衛を睨み据えた。

「手向かいはせん。その爺さんの骸を引き取りに来た」

低く又兵衛が言い、腰を屈《かが》めて老人の骸を抱え上げようとした。

「小癪な痩《や》せ浪人め！」

狂乱したその男が、老人を斬った刀を振り上げ、又兵衛に斬りかかった。

又兵衛は、剣先をかわすと、前に転がった。

戸口に立てかけてあった天秤棒《てんびんぼう》に手を延ばした。第二撃を、又兵衛はその天秤棒で受けた。

かなりの手練《てだ》れらしく、天秤棒は先端でみごとに断ち切れていた。

又兵衛は反撃に出た。又兵衛の突き出した天秤棒の先端が、大男の腹を裂いていた。

男はあまりの意外な事態の進展に、まだ状況を摑《つか》めぬといった顔で、目を丸くして又兵衛を見据えていた。

土間の隅でこの様子を見ていた残りの二人が、娘を放り出して抜刀し、又兵衛に斬りかかった。

だが、又兵衛の動きははるかに早かった。今倒したばかりの男の刀を拾い上げると、そのまま一気に二人の荒くれ者に迫った。

わずか二撃で勝敗は決した。いずれも鮮やかな袈裟《けさ》掛けである。

半裸の娘は、事の一切を見守っていたが、又兵衛が近づいていくと、白目を剝《む》いて昏倒してしまった。

3

事件の決着は、奇妙な形でついた。荒くれ者たちが娘を手ごめにし、農夫を斬り殺したことが誰の目にも明白であったので、藩士の子息を斬った又兵衛へ咎《とが》め立てはなかった。

一方で、三人の子弟の罪も闇に伏せられ、いずれも病死と藩に届けられたのである。

村人は、何の詮議《せんぎ》立てもないまま、事件が忘れ去られていくことに憤激したが、いかんともしがたかった。

事件はうやむやに終わったが、一つだけこの村に変化が起こった。一人の浪人が、村に棲みつくことになったのである。

それが後藤又兵衛であった。村人が、又兵衛に三度の食事と寝所を提供し、村の用心棒を引き受けるよう、求めたのである。

又兵衛は又兵衛で、悪い気分ではなかった。

（武士は何の取り柄《え》もない迷惑な存在よ）

と、思いさだめていたところに、思いがけなくも村人の難儀を救い、失いかけていた武士の誇りを取り戻すことができたからであった。

それに、行くあてもない旅である。物乞いも億劫《おっくう》であり、強盗を働くまでの生への執着もない。

又兵衛は、村の造り酒屋の離れに寄宿し、日がな酒をがぶ呑みして、ぶらぶらと毎日を送った。金は得られなかったが、酒を浴びて暮らすだけの毎日に、金はいらなかった。

村人との交流はほとんどなかった。あくまで又兵衛は他国者であり、氏素性《うじすじょう》もしれぬ浪人である。

村人は極力、又兵衛との関わりを避けた。

村人は又兵衛を恐れていた。風呂も入らず、垢《あか》で黒光りする顔、異様にぎらつく眼光と、又兵衛の風貌は子供さえ近づけぬ異様なものである。

部屋に籠って酒を浴びるか、仁王像を彫ってばかりいる。そんな浪人者が、不気味でないわけがなかった。

そんな孤独な日々が続く中、又兵衛はしばしば近くの森に分け入り、長い槍で野生の鹿を仕留めた。

そうしたある日のこと、又兵衛が森の獲物を下げて街道を戻ってくると、反対方向から屈強の侍が数人、旅姿でこちらに向かってくる。そのうちの一人に、又兵衛は見覚えがあった。黒田の下級藩士である。

又兵衛は思わず山中に分け入り、身を隠した。

その一団は、九州なまりで話を続けながら行き過ぎたが、慌てて身を隠した又兵衛を疑った形跡はまるでなかった。

又兵衛は、安堵するとともに、自分が追手の目にも止まらぬほど様変わりしてしまったことに気づき愕然とした。

それにしても、忘れかけていた長政との確執が今も厳然と続いているのである。

又兵衛は困惑するとともに、この地にもはや長くはおられまい、と腹を括《くく》るのであった。

家に戻ってみると、酒屋の主《あるじ》が又兵衛に久方ぶりに声をかけた。

「いずれかのご家中と思われますが、後藤又兵衛様はおられるか、と探しておりました」

主は、不安げに言った。

又兵衛が斬り捨てた荒くれ者に縁《ゆかり》の者か、と心配しているのである。又兵衛は、いよいよ黒田の刺客に所在を突き止められたかと、覚悟を決めた。

長政との私闘のために、村人を犠牲にするわけにはいかなかった。又兵衛はその夜のうちに、村をあとにした。

紀州路を北にたどり、長島《ながしま》を経て、奥伊勢に至る。奥香肌《おくかはだ》峠、宮川《みやがわ》渓、大杉《おおすぎ》谷など、深い山並に包まれた渓谷《けいこく》が続く山路を抜けて、とある山里に至った。

又兵衛は後方から追ってくる厳《いかめ》しい侍の集団に気づいた。尾鷲の村で擦れ違った黒田の侍ではない。

（新手の追手か……）

又兵衛は、一気に決着をつけるべく、先を急ぎ、村外れの林で待機した。

後を追って現われた侍たちは、

「いやいや。我ら、後藤殿をつけ狙う刺客ではありません」

と、慌てて素性を告げた。

その一団は、藤堂《とうどう》藩士名栗主水《なぐりもんど》率いる武士で、

「藤堂高虎《たかとら》の一族高刑《たかのり》が、又兵衛様をぜひとも雇い入れたいと申しているので、ぜひ

「ご同行いただけないか」

と言う。

又兵衛は、思いもよらぬ仕官の話に耳を疑った。

藤堂藩二十二万石の当主藤堂高虎は、豊臣家に縁が強いものの、関ヶ原の合戦ではしたたかに東軍に与して、功を立て、引き立てられた。その策謀家としての才覚を生かして、今は将軍秀忠を支えて覚えもめでたいという。

将軍家からの仕官の誘いを断わり、けっして徳川家にはよい印象のないはずの又兵衛を、なぜよりによって秀忠の腰巾着ともいうべき藤堂高虎の一族が仕官を誘いかけてくるか、又兵衛には合点がいかなかった。

とはいえ、仕官はとうに無縁となったと自ら腹を括っていた又兵衛に、寝耳に水のこの仕官話は、又兵衛の自尊心をくすぐらないわけがなかった。

伊賀上野まで赴《おもむ》き、当の藤堂高刑に対面してみると、思いのほかの好人物である。策謀家の高虎と違い、高刑はまだ歳若いが、武芸の鍛錬にも怠《おこた》りがなく、それでいて茶を愉しみ、連歌もものする風流人で、又兵衛は城主藤堂高刑という人物に好意を寄せた。

だが、それも久方ぶりに本家の津《つ》で高虎に対面するに及び、又兵衛の心はふたたび豹変した。

高虎は又兵衛に、

「しばらく高刑の元にあって後見していてほしい。いずれ本家に招き、不足なく遇する」

と言うのである。

高虎の魂胆は明らかであった。将軍秀忠は又兵衛を藤堂家に釘付けにして囲いこみ、大坂方と接触させまいと、計っているのである。

それが、藤堂高虎個人の計らいか、将軍家の意向が加わっているのかわからなかったが、不愉快極まりない話である。

又兵衛は、高刑の好意を考え、穏便に仕官の話を断わることにした。

又兵衛は、その口実として一万石を所望した。二十二万石の大名のそのまた分家である高刑に、一万石の高禄が支払えるはずもない、と判断してのことである。

案の定、又兵衛の要求は応えられなかった。

又兵衛は、安堵して伊賀上野を後にした。

4

藤堂家の誘いを断わって津城下を発ってから、又兵衛の風貌はますます老残に凄《すご》みを増していった。

乞食と変わらぬ風体で、髭も月代《さかやき》も伸び放題、日焼けしているうえに、垢がたまっているので、顔も手も真っ黒である。

金は相変わらず十両を笈の中に忍ばせていたし、鎧兜もあったが、それを処分する気にはなれなかった。

もはや甲冑《かっちゅう》一式は、又兵衛の分身そのものであった。それは又兵衛の、捨てきれない武士の魂であり、また武士の誇りでもあった。

又兵衛は、伊賀を越え、柳生《やぎゅう》街道を西に向かって歩いた。どこに行こうというあてもなかった。

手をつけぬ金以外に蓄えはない。金がなければ、乞食をするよりなかった。それもいやなら、食べるのをやめるしかない。

事実、又兵衛はまた幾日も食べなかった。地蔵の供え物で、飢えをしのいだこともたびたびであった。それで、腹を壊したことも一度や二度ではない。

いよいよ、乞食を始めた。

大きな笈を背負い、赤柄の長槍を握りしめている。風変わりな乞食である。

だが、浪人者が巷《ちまた》に溢れる昨今、具足を担いだ浪人の物乞いを又兵衛は時たま見かけることがあった。

だが、それにしても、こうまでして自分がまだ武具を売り払う気になれないことに、又兵衛はあらためて驚いた。

あれほど、

（武士は迷惑な者）

と、思い定めていた男が、なんとも最後まで武士を捨てきれないのである。

呆れ果てているうちに、又兵衛はしだいにそうした頑固さを素直に認めるようになっていった。

（哀れなものよ。又兵衛、おまえはまだ刀も槍も捨てきれぬ）

そう、独りごちると、苦笑いさえも零《こぼ》れ出る。

（本阿弥光悦殿が申されたとおりだ、儂は厳しい仁王像しか彫れぬ男なのだ）

そう考えているうちに、又兵衛の腹は据わった。

だが、武士であることに居直ったところで、又兵衛の前にもはや仕官の道は閉ざされたも同然である。

そして、不思議なことに、そのことに又兵衛自身まるで不満もない。

(困ったものよ、これでは立つ瀬がないわ)

そう自嘲気味に言ってみても、これまた切羽詰まった気にはなれない。

生きているのが不思議に思えるほどであった。それなのに、心はどこか清々《すがすが》しく、飄々としている。

乞食を続けながら、又兵衛は奈良を経て高野山に参詣した。場所が場所だけに、又兵衛への施《ほどこ》しは多かった。

居ついたその高野山の門前で、又兵衛は思いがけない女人の姿を目に止めた。

出雲阿国であった。

阿国は又兵衛に気づくと、一瞬啞然として立ち尽くし、やがてとりすがってはらはらと涙を流し始めた。

「あんまり悲しいお姿ではございませんか」

阿国を胸に受け止めて、強く抱き締めたが、数カ月風呂に入っていない。阿国は、そんなことは構わず、ひとしきり又兵衛の胸で泣きじゃくると、初めて又兵衛の異臭に顔を歪めた。

「臭いか、阿国。儂は今、乞食だ。これはこれで、けっこう気軽なものよ。いつだったか、長政の手の者がすぐ近くにおりながら、儂には気づかなんだ」

又兵衛は、からからと笑った。

阿国も、つられて、泣き笑いとなった。

「我らは河原乞食と言われてきましたが、どうやら又兵衛さまも、これで我らと同じ身となられたようでございますな」

「そうよ、乞食は一度やったらやめられぬ、というが、まったくなってみてそのことがよくわかったわ」

あまりに又兵衛が屈託なく話すので、阿国も又兵衛への気がねも吹き飛んで、気づかいのないもの言いになっている。

それが又兵衛には阿国らしく、自由闊達《かったつ》で好ましかった。

「又兵衛さまが突然姿をお隠しになったので、この阿国、悲しゅうございましたよ。とにも、自分のために一座の者が斬られたと自らをお責めになったのでございましょう。とにかくにも、仕官の道をお探しくださいませ。いくつかの家中に、心当たりがございます。あたしの紹介でよければ、ぜひ」

「いや、もはや仕官はこりごりだ。その気はとうに失せた。もはや、そのような配慮はいらんぞ」

「ならば、一座にお戻りなされませ。皆待ち望んでおります。もはや黒田の侍も追っては来ますまい」

「いやいや。この紀州にても刺客らめに擦れ違った。小綺麗にすれば、儂の姿、すぐにみとめられよう。このままでよいのだ」

そう言い張る又兵衛に、阿国はもはやどう言ってよいか、言葉も見つからない。

「ともあれ、我らの元に」

そう言って阿国は、又兵衛を一座の芝居小屋に連れ帰ると、皆一様に懐かしがって、又兵衛の衣装を芝居用の衣装に替えてくれた。

妙に派手がましいが、こざっぱりした衣類が気持ちよい。風呂に入って旅の汚れを落とすと、さすがに生き返った心地である。

「すぐに退散するからな」

言い張る又兵衛に、

「逃がしません」

言って、阿国がすがりつく。

座員も、表立って又兵衛の到来に不平を言う者はなかったが、皆の気持ちを思うと又兵衛は長居する気になれなかった。

久方ぶりの熱い粥《かゆ》をすすりながら、阿国は何を思い出したか、ある人物のことを話し始めた。

「十日ほど前のことですが、この門前町で阿国は身分卑《いや》しからぬ立派なご浪人に出会いました」

「立派な浪人……」

「この近く、九度《くど》山に住まいなされておられるお方で、阿国にも名を名乗られませんでしたが、一座の芝居をご覧になったとかで、呼び止められ、話が弾んでしまいました」

「それは、もしや、真田《さなだ》左衛門佐幸村《ゆきむら》殿ではないか」

「真田さま……なるほど、そうかもしれませんな」

阿国は、ハタと膝を打ってみせた。

信州上田城主真田昌幸《まさゆき》はその子幸村とともに、関ヶ原に向かう秀忠軍五万を上田の城に食い止め、寡兵ながら一歩も引かず、ついに秀忠の関ヶ原への到着を遅らせるという大殊勲を上げた。

負け戦さとなり、昌幸の死罪と決まったところ、東軍についた長男の信之《のぶゆき》が必死の助命嘆願を行ない、論功行賞と引き換えに一命を救われて浅野家お預かりの身となり、この高野山山麓《さんろく》の九度山に謹慎蟄居《ちっきょ》しているという。

先年父の昌幸は死去したと聞いたが、その子の幸村はどうやら健在のようである。どんな暮らしをしているのか。何を考えて日々を送っているのか。又兵衛と立場が似た浪人暮らしゆえに、あれこれ思えば関心は募るばかりである。

「お会いになられるがよろしゅうございましょう。又兵衛さまとは同じご浪人のお立場。城持ちのお武家であるばかりか、華々しい戦果を上げてこられた点でもよく似ております。話が弾みましょう」

そこまで促されては、会わずにおられない。

又兵衛は阿国に仲介を頼むと、数日うちに、連絡がとれたとみえて、阿国が幸村に又兵衛を引き合わせる、と言ってきた。

芝居衣装のまま阿国に誘われて、九度山まで出向いてみると、そこはいたって長閑《のどか》な山村で、幸村と郎党数名の住まう家は小ぢんまりしてはいるが、何不自由のない暮らし向きである。

現われた幸村は、背が低く、痩《や》せ細り、どこか憂《うれ》いのある物静かな人物であった。額に二、三寸の傷痕があり、それだけがこの天賦の軍略家の素性を表わしている。

「後藤又兵衛殿のお噂は、かねがね聞き及んでおり申した」

言って酒を勧めるが、その眼差しになぜか優しさがない。じっと又兵衛の人となりを観察しているふうである。

（値踏みされておるような……）

又兵衛は、いささか不快であった。

阿国を交えての話は、一刻（二時間）に及んだ。

互いの武勇を披露し合い、浪々の身の辛さを語り明かし、時世を憂ううち、話は、しだいに徳川将軍家の「卑劣な政策」に及んだ。

そうした話をしているうちに、又兵衛が気づいたことは、阿国と幸村がかなり親しげであることであった。

（阿国は、幸村のことを当初より知っていたのではないか）

又兵衛は、ふとそう思った。

（ならば、なぜ……）

又兵衛の疑念は、しだいに明らかになった。

幸村はしきりに、阿国にキリシタンの動静を尋ねるのである。阿国もその方面のことにはきわめて詳しく、背後で束ねる松平忠輝の名をしきりに取り上げた。

（阿国は、そうとう幸村に入れあげていると見える）

そう思うと、又兵衛には阿国がかつてなく遠い存在に思えるのであった。

話が進むと、幸村はいよいよ又兵衛に、大坂方への助勢を求めるようになった。

幸村はどう戦力を集め、どう軍団を組織し、どう戦えば勝つかを又兵衛に説《と》いた。

籠城すれば、天下の名城だけにまず容易に落ちぬ、とも力説した。

阿国は、その幸村の話を目を輝かせて聞いている。

どうやら、阿国が幸村と又兵衛を引き合わせ、同志にさせようとして、ここまで連れてきたことは明らかであった。

だが、阿国はともかく、幸村は又兵衛を同志とは思っていないようであった。

幸村は信濃の名将にして、北条、徳川、上杉を向こうに回し、一歩も引くことのなかった真田昌幸の子である。教養も和漢の軍書を読み、茶道から詩歌《しいか》の道まで尋常ではない。

いわば、氏育ちが又兵衛とは違うのである。

幸村は、あくまで又兵衛を家臣として雇い入れたいようであった。

だが、又兵衛は、

（それは、妙な話だ）

と思った。又兵衛も浪人なら、幸村も浪人である。たとえ一万六千石とはいえ、又兵衛もかつては城を預かる身であった。

数万石の高禄で召し抱えるという誘いさえ断わってきた又兵衛が、なぜ浪人の幸村の家臣にならねばならぬのか。

又兵衛は誇りを傷つけられ、憮然とした思いを嚙み締めて、九度山を後にした。

阿国は又兵衛に、

「すみませぬ」

と言ったが、さして又兵衛に同情しているふうにも思えなかった。とにかく阿国は、熱心に幸村に入れあげているのであった。

5

秋風の荒《すさ》ぶ紀伊九度山の荒野を下っていく又兵衛の後を追って、黒装束の忍びの一団が、杉林に潜み、あるいは山を越え、先回りして又兵衛に接近していた。

伊賀上野から又兵衛を追ってきた藤堂家差配の伊賀忍者であった。仕官の誘いを又兵衛に断わられた藤堂高虎が、

「もし又兵衛が大坂方に気配を見せるならば、命を絶て」

と命じたのである。

忍びの一党は、又兵衛が幸村と会い、酒さえ振る舞われて山門を出たことを見て、もはや又兵衛の大坂方加担は必至と判断したのであった。

(長政め、何とも執念深い奴——)

又兵衛はそう思っていたが、納得のいかないところがあった。

忍びの一団は、以前、紀伊街道で擦れ違った刺客とは明らかに別の一団である。長政が刺客を二派放つとも思えなかった。

(何奴か——)

あらためて考えを巡らせて、又兵衛はふと、それが徳川方の忍びの可能性に思い至った。

いよいよ東西の手切れも間近となって、又兵衛の動きを過剰に警戒する徳川方が、大坂への入城の前に命を絶つ動きに出たのかもしれなかった。

(迷惑千万な話よ)

又兵衛は、腹立たしかった。

九度山を下りて街道に出ると、又兵衛はそのまま泉州堺《さかい》に向かった。なるべく人通りの多い街道を進み、襲撃をかわすつもりであった。

敵を恐れてのことではない。ただこれ以上、徳川方を刺激したくなかっただけのことである。

今の又兵衛にとって、世捨て人として平穏に暮らすことのみが、唯一の望みである。

（なぜ、独りにはしてくれんのだ）

又兵衛は、悲しかった。

夕暮れが迫り、街道に旅人の姿が途絶えるようになると、忍びの一団はいよいよ、あからさまに又兵衛の前後をうろつき始めた。

（やむをえんな）

又兵衛が対決の覚悟を決めたのは、街道沿いに、遠く紀州から大和路へと連なる山々がほの見える山路へと分け入った頃であった。

荒《すさ》んだ風が、行くあてもなく大地を舞っていた。舞い上がった枯れ葉が、まるで無数の蛾《が》のように、渦を巻いて舞っている。

久方ぶりに戦いを決意してみると、又兵衛は、なぜか奇妙なまでに緊張している自分に驚いた。

たしかに不安はある。又兵衛は京を発ち、飲まず食わずの旅を続けるうちに、ひどく疲弊してしまっていた。武道の稽古も怠っている。

命懸けで襲ってくる忍びに、果たして又兵衛の力が及ぶであろうか。考えてみれば不安なことだらけであった。

だが、この緊張はどうやら不安から来るものではなかった。それは、闘うことへの上気した期待感なのである。

武者震いといってよい。とっくに忘れ去ったはずの古い闘争本能が、いつの間にか又兵衛の中で甦りつつある。

（よくよく浮かばれぬ性《さが》よ）

そう嘆いてみても、この興奮、この緊張を捨て去ることはできない。

（ままよ。またしても阿修羅の道を歩むか）

そう意を決してみると、又兵衛の闘いの本能は、もう抑えきれぬほどに高まって、敵の来襲を心待ちに待ち望んでいるのであった。

6

又兵衛の異常なまでの心の高ぶりは、敵が徳川勢であることに気づいた時、頂点に達した。

徳川が又兵衛を勝手に大坂方へつくものと思い込み、抹殺《まっさつ》を計ったのである。これは誤解であり、あらぬ言いがかりである。

だが、今の又兵衛には弁明の機会もなく、殺すか殺されるか、の選択しかない。又兵衛にとってはこれほどの迷惑はないのだが、それにも増して闘いの現場に引き戻されたことが嬉しかった。

もはや闘いを避けて通れない絶体絶命の境地に立ったことで、又兵衛はふたたび甦るのである。

(面白い。徳川を向こうに回し、力のかぎり闘ってみせる)

悲壮なまでにそう心に誓うと、研《と》ぎ澄まされた闘争本能の中で、敵の忍びの動きが、面白いほどに掌握できた。

目で、耳で追っているのではない。又兵衛の中の戦士の嗅覚が、それを敏感に嗅ぎつけ、体ごと反応するのである。

その嗅覚に連動して、残りの五感のすべても研ぎ澄まされたように鋭敏になっている。

夜道を旅することの多い又兵衛は、充分に闇に目が慣れており、忍びの動きに気づいた時には、すでに忍び同様、闘うための好位置を本能的に選んでいた。

忍びは、体《たい》を落とし、獲物を狙う野猿のように、街道上に姿を現わしていた。

小高い街道のこちら側は、斜めに傾斜して、又兵衛の隠れている窪地にまで下りている。

又兵衛は、忍び寄る敵の一群を、その低地から見守っていた。

(素ッ破め、又兵衛の目は節穴ではないわ)

風が出たようであった。

紀州街道の真上で吹き荒れているその風は、しだいに風向きを変えた。

その風の中に、微かに硝煙の匂いが混じっていることに、又兵衛は気づいた。

(飛び道具か――)

又兵衛は、顔を歪めた。

鉄砲を恐れる又兵衛ではない。むしろ鉄砲を軽んじるほどであった。

又兵衛は、鉄砲の隊列の中を一気に突き進んで、それでも弾に当たらず、敵先陣を突破したことが幾度となくある。

(鉄砲の弾は、恐れれば当たり、当たらぬと思えば、弾のほうが自分を避けていくものよ)

又兵衛は、ずっとそう信じてきた。

（だが、甘く見てはならぬな）

その鉄砲は、どうやら又兵衛がよく知る鉄砲ではないようである。

鼻につく硝煙の匂いが、又兵衛の知る種子島《たねがしま》とは違う。

どうやら、忍びが用いる特殊な短筒《たんづつ》のようであった。硝煙の匂いの違いからして、威力も命中率も、並みの鉄砲とは違っているはずである。それがどう違うのか、初めてこの得物に出会うだけに、予測はできなかった。

（ならば、手がかりを把んでから動くよりあるまい）

又兵衛は、笈の中から鎧兜一式を取り出し、それを窪地の中にどかりと据えた。

闇の中では、その影を又兵衛と見分けることは難しい。そこが、狙い目である。

又兵衛は、鎧兜を残してその場を退がり、街道沿いまで迂回《うかい》し、左手の方向から戻った。忍びを背後から突く計略であった。

わずかな月明かりを透かして、前方の窪地の辺りに蠢《うごめ》く三つの影が確認できた。

敵は、まだ又兵衛が背後に回ったことに気づいていないようである。又兵衛はにやりと笑った。

「忍者も、ひと頃よりはだいぶ腕が鈍《にぶ》ったわい」

呟きながら、又兵衛は、忍びの背後に寄っていった。

と、忍者の一群の辺りで、銃声が立て続けに轟《とどろ》いた。忍びが又兵衛と思い込み、鎧兜に向けて鉄砲を放ったのである。

「後藤又兵衛、見参！」

又兵衛が、忍びの背後で名乗りを上げ、すっくと立ちはだかると、忍びの群れはど肝を抜かれて振り返った。

又兵衛の槍が、いきなり虚空を斬り裂いて唸りを上げた。

勝負はすでに見えていた。虚を衝かれた忍びは、一人は腹を突かれ、もう一人は脳天を砕かれて息絶えると、残った三人目が辛うじて反撃に転じた。

だが、又兵衛の槍はすでに新たな攻撃に動いていた。闇に光る白銀色の槍の穂先が、生き物のように襲いかかり、三人目の忍びの胸を抉《えぐ》っていた。

「成仏《じょうぶつ》せよ」

又兵衛が吐き捨てた、その時である。いきなり、又兵衛の後方で銃声が轟いた。

又兵衛の右腕に激痛が走った。

気づいた時には、又兵衛は槍を取り落としていた。

新手の忍びが二人、又兵衛に向かって突進してくるのが見えた。

「不覚ッ！」

叫んだが、後のまつりであった。

別の忍びが潜んでいたのである。やはり種子島ではなく、丈の短い忍び鉄砲を抱えている。忍者を侮《あなど》った又兵衛の誤算であった。

槍で応戦しようとしたが、右の腕がいうことをきかなかった。槍を捨て、又兵衛は腰の斬馬刀を左の腕で鞘ごと抜き払い、身構えた。

刀身が抜けない。咄嗟に、又兵衛の脳裏に死の予感が走った。

(野垂《のた》れ死ぬのか)

又兵衛は覚悟を決めた。

その時――。

又兵衛に迫り寄る忍びが二人、ほとんど同時に虚空を泳ぐようにのたうって、前に転倒した。

転倒した二人の忍者の周辺で、火炎が三つ、たて続けに上がった。

何が起こっているのか、又兵衛は咄嗟に理解できなかった。

好機であることは間違いなかった。又兵衛は立ち上がり、忍びに襲いかかった。

忍びは、又兵衛の急迫に一旦は身構えたが、戦鬼の形相の又兵衛に恐れをなし、きびすを返して遁走《とんそう》していった。

気づいてみると、又兵衛は闇の中にぽつりと取り残されていた。

「旦那――」

声が上がった。

「烏か」

又兵衛が、闇を探った。

「ご無沙汰いたしました」

聞き覚えのある掠《かす》れた低いしゃがれ声が闇に響いた。街道沿いの松林の梢《こずえ》から、いきなり黒い影が地上に舞い降りて、又兵衛に向かって駆けてくる。

「お怪我は――」

駆け寄ってきた烏が、心配そうに又兵衛の腕を見た。

「なに、ほんの掠《かす》り傷だ。それより、なぜこんな所にお前が」

「いえね、古田九郎八様のご命令で、旦那をお探ししていたところなんで。なんでも、豊臣秀頼君の御母堂淀の方様が、後藤様にぜひともお頼みいたしたい儀がおありとかで、ご側近の木村長門守《きむらながとのかみ》様を、こちらにお遣わしになるそうで」

「なに、淀の方様が！」

又兵衛は、話のあまりの意外さに、しばし言葉を失った。かつては一万六千石の城持ちであったとはいえ、又兵衛は黒田家の元家臣、豊臣家にとって陪臣《ばいしん》筋にあたる。淀の方がじきじきに、目どおりを求めて来るいわれはないのである。

「これは、危ないな」

又兵衛は、苦笑いした。

だが、又兵衛は、もはや己の進む道が、大坂への一本道しか残っていないことにあらためて気づいた。

徳川を敵に回して、生き残る方法は、徳川そのものを倒すよりないのである。

又兵衛の中で甦った闘いの本能が、今や又兵衛を戦場へ戦場へと駆り立てている。

「大坂方か――」

又兵衛は不敵な笑《え》みとともに呟いた。

又兵衛の脳裏に、ふと、きっと今同じことを考えているに違いない真田幸村のあの傲岸《ごうがん》な顔がありありと甦った。

7

慶長十九年（一六一四）秋、徳川家康は豊臣秀頼の後見役で、使節として東西を往復していた片桐且元《かたぎりかつもと》を駿府の城に呼び寄せ、豊臣秀頼に対して、大和への移封と、秀頼の生母淀の方の江戸下向人質を要求した。

むろん、豊臣家はこれに応じるはずもなく、且元を裏切り者として追放した。

徳川方の奸計《かんけい》によって、豊臣家がいよいよ窮地に立たされていることは、今や誰の目にも明らかであった。

東西はいよいよ一触即発の事態に立ち至った。

次々と無理難題を押しつけ、寺の鐘に刻んだ「国家安康」の文字にまで難癖をつけて執拗《しつよう》に追い詰める家康と、その側近の本多正純《ほんだまさずみ》、林羅山《はやしらざん》ら老職、儒学者の悪知恵には、もはや豊臣方の譜代の家臣たちでは、対抗できる術《すべ》が見出せなかった。

合戦は不可避――。そんな切羽詰まった巷《ちまた》の声は、これまでにも世捨て人同然の又兵衛の耳にまでうるさいほど聞こえていた。

いや、つねに時の権力者に翻弄されてきた民《たみ》百姓だからこそ、戦さの影にはつねに敏感に反応するのかもしれない。

烏が伝える東西間の切迫した状況は、又兵衛がすでに折に触れて伝え聞いていた庶民の声と、さして違うものではなかった。

勝敗の帰趨《きすう》は目に見えていた。諸国の有力大名で、豊臣方に加担する者は皆無である。浪人ばかりの寄せ集め軍勢で、徳川方の精鋭と正面から激突して勝ちを得る可能性は少ない。

（負ける戦さを勝たしてこそ、武士の面目も立つ。だが、手立てはあるのだろうか……）

又兵衛は、鳥とともに大坂方の苦境を思った。

そんな又兵衛を見て、鳥は満足げである。

「淀の方様は、一軍の将として、また軍師として軍勢をお任せしたいと申されております」

「軍師か！」

又兵衛は、それを聞いてまんざらでもない。

「淀の方は、殿と真田幸村様にことのほか期待を抱いておられまする」

「あの真田をの――」

又兵衛はふたたび聞くその名に、憮然たる思いを噛み殺した。

堺の町きっての豪壮な旅籠《はたご》で、又兵衛と鳥の到着を待ちうけていた木村長門守重成《しげなり》は、歳の頃はせいぜい二十歳を越えたばかりの、眉目秀麗《びもくしゆうれい》な若侍であった。

「この戦さ、後藤様のご出馬で勝てます」

重成はそう言って、目を輝かせた。

「なぜ、そのようにお考えか――」

又兵衛が平静さを装って問うと、

「後藤様は希有《けう》の勇将、志《こころざし》はあくまで高く、武士の一分を通さんと、愚昧《ぐまい》なる主の元を去り、奉公構えにも柳に風。そのお人柄を賞賛せぬ者はおりません」

長門守は、又兵衛を誉めちぎった。

「そなた、歳に似合わず――」

「追従《ついしょう》と申されますか。心外でございます。この重成、信じるままを申したまで――」

重成は、憤然と怒り出した。

「歳のせいか、疑い深うなってな」

又兵衛が苦笑いして頭を下げると、重成はようやく平静さを取り戻した。

「追従と思われるなら、その追従と思われるわけをお聞かせくだされ。関ヶ原から十五年。戦さを知る者もしだいに少なくなっております。あの当時の歴戦の強者《つわもの》は、皆高齢、今も合戦場で采配を振ることのできる将は幾人おりましょう。戦さは兵の数ではなく、将の器量で決まるとか。若輩者《じゃくはい》が、生意気なとお考えでしょうが、この重成、固くそう信じております」

「おぬしの申すこと、真実である」

「やはり」

重成は、ようやく意が通じたと、目を輝かせた。

「当方には、亡き太閤殿下の残された天下の名城大坂城がございます。あの城に籠《こも》れば、二年や三年、びくともするものではございません。淀の方様におかれましては、後藤殿に一軍団をお任せになり、お働きによっては全軍の指揮さえも委《ゆだ》ねてよいと仰せでございます」

「なんと申す！」

さすがに又兵衛も、この話には刮目《かつもく》せざるをえなかった。

「残念ながら、亡き太閤恩顧の有力大名は、いずれも徳川方に。我がほうには実戦経験豊富な武将はまるでおりません。ここは後藤殿にご出馬を願い、憎き家康めと五分に渡り合っていただきたいのでございます」

又兵衛は、そこまで持ち上げる重成の言葉に、いささか酔い心地であった。

「家康と五分の戦いとなれば、武士にとってこれほどの誉《ほま》れはない。亡き義父黒田孝高殿も、なしえぬ快挙だ」

又兵衛は、思うがままに言った。

「そうですよ、旦那」

今まで二人の話を黙って聞いていた烏が、相好をくずして口をはさんだ。

「あっしはずっと、旦那がそれだけのことを成し遂げるお人と見込んでおりました。なんの、徳川家康。ここで一旗上げて、黒田長政を見返してやりましょうや」

烏の誘いを笑ってかわしながら、又兵衛が窺った。

「長政殿は、当然徳川方につくのであろうな」

「それはもちろんでござりましょう。ただし、臆病な家康のこと、黒田殿や加藤殿、福島殿には江戸禁足をお命じになるやもしれません」

「あのお方は、家康めに動きを封じられてしまいました。家老の大久保長安は死に、義父の伊達政宗殿もすでに及び腰でございます」

「松平忠輝殿は――」

「キリシタンの加勢は計算が立たぬか」

「キリシタン浪人の数は、明石《あかし》掃部《かもん》全登《てるずみ》様他、すでに万を超えております。その他、腕達者な浪人衆も続々と集まり、すでに十万を超えております」

「十万の浪人衆か――」

又兵衛は、ふと京、大坂の辻々で出会った食いつめ浪人の群れを思い返した。

「又兵衛様、そのように他人事のように仰せでは困ります」

烏が口を挟んだ。

「又兵衛様もここはよき働きを見せ、ふたたび天下にその名を轟かせなさりませ。淀の方様は、きっと又兵衛様を百万石の大名にもお取り立てなられましょう。その時は、烏も筆頭家老にてついてまいります」

又兵衛は、烏の景気のよい話をうわの空で聞き流しながら、関ヶ原を超える天下大乱の大決戦の予感に、胸騒ぎを抑えきれなかった。

たしかに天下太平は成った。だが、徳川の世になって、家の安泰のみを腐心し、多くの外様大名を改易したため、巷《ちまた》には浪人が溢れ返っている。

武士、民百姓ばかりではない。キリシタンへの弾圧も同様であった。情け容赦ない弾圧にあって、数十万のキリシタンが殺され、改宗を強要され、怨嗟《えんさ》の念は日をおって募っている。

また、諸国の自由都市は自治権を奪われ、かつては治外法権と諸国通行の自由を得られていた、公界《くがい》の民は、苦界と名を改められ、蔑《さげす》みの対象とされるに至っている。

徳川政権のがんじがらめの管理政策は、いたるところでこの国の民を圧迫しているのである。

「このような窮屈な世は、世直しせねばならん。徳川家のみが栄え、国の民ばかりがきゅうきゅうとする世は、なんとかせねばならん」

又兵衛は、そう心に言い定めると、はっきりと打倒徳川の決意を固めているのであった。

第七章　大坂の陣

「後藤様が風呂を使われた折、私も何人かの同朋とお供をしたことがありました。とても五十を越えたお歳とは思えない立派なお身体でしたが、それにも増して驚いたのは、満身の刀傷、槍傷、矢傷、鉄砲傷でした。あの時殿は『数えてみよ』と仰せでしたので、拙者が数えたところ、なんと五十三もありました」

「この戦さで、その数もきっと増えよう」

又兵衛は、そう言ってただ笑った。

九郎兵衛は、又兵衛の軽口を受けて、さらに続けた。

「あの折、後藤様は、『これが儂《わし》の一生を語っておる』と笑っておられました。後藤様が笑われるたびに、その傷が動いて、その滑稽なこと、奇怪なこと、ここに武神の再来がおられると、思わず涙が滲《にじ》んだものでございます」

九郎兵衛は、そう言って目を細め、また又兵衛を見上げた。

遠く鬨《とき》の声が上がり、華々しい銃声が轟いている。敵の軍勢がひたひたと押し寄せているのが、又兵衛にも九郎兵衛にもはっきりとわかるのであった。

「後藤様のお話も、今しばらくとなりました」

九郎兵衛が、迫りくる敵のざわめきに顔を向けて、また思い詰めたように言葉を続けた。

「後藤様――」

「なんだ」

「たいへん失礼とは存じますが、このようなお尋ねをさせていただいて、よろしゅうございますか。この九郎兵衛、後藤様のことはすべて知っておきたいのでございます」

「遠慮はいらんぞ。なんでも訊いてみよ」

「はい。後藤様は今、この時を迎え、その……黒田長政殿にどのようなお気持ちなのでございます」

九郎兵衛が遠慮がちに問うた。

「どのようなも、このような、もない。長政は儂にとって、いつまでも昔の長政。憎くは思うておらん」

別れを告げるかの如く目を閉じ、又兵衛は顔を落として口ごもった。

「そのようなものでございますか。あれほど執念深く追手をかけられ、命をつけ狙われましても……」

「あれは、あ奴の意地なのだ。弱い感情なのだ。だがな、それでも長政は、儂にもっとも近い男であった。長政ほどこの儂をよう理解していた者はおらん。儂を理解していたからこそ、憎くもあったのであろうよ」

又兵衛は、なんのこだわりもなく長政の名を口にして、大きく頷《うなず》いた。

「心残りは、この戦場であ奴めと遭遇し、命尽きるまで闘ってみたかったことだ」

「さようでございますな。この合戦には、黒田勢も加わると聞いておりましたが――。ならば、もう一人、後藤様にお関わりになった人のことをお尋ねしてよろしゅうございましょうか」

「誰のことだ。最期だ。何なりと聞くがいい」

「真田様のことでございます。この小松山の合戦の勝敗をお決めになられるお方にございます」

九郎兵衛は、恨めしさを押し止め、固い表情で霧に霞《かす》む奈良街道を振り返った。

「真田左衛門佐殿の――」

又兵衛の横顔に、微《かす》かに苦渋の色が宿った。

「つまらぬことをお尋ねいたしました」

九郎兵衛は、ハッとして言葉を詰まらせた。

「よいのだ、九郎兵衛。何なりと聞くがよいと言ったのはこの儂だ。それに、儂はもはや真田を恨んではおらん。あの男もまた、己の一分を通すため、この戦さに加わったのだ。己の死に場所は己で見つけたいのだろうよ。言うても詮《せん》ないことだわ」

「しかしながら……」

九郎兵衛は、また顔を歪めて苦々《にがにが》しさを噛み締めると、ふたたび、又兵衛と幸村の大坂城内での確執を思い返すのであった。

2

慶長十九年（一六一四）秋、後藤又兵衛は、長い浪々の果てに大坂城に入った。立派な馬に跨《また》がっていたが、それは、又兵衛が笈《おい》の中に秘めた十両の金で賄《まかな》ったものであった。

入城した時は単身であったが、八百の家臣が又兵衛を追って集まってきた。烏が姫路に走り、また門司《もじ》に手紙をしたためて又兵衛の大坂入城を知らせると、すぐに旧臣が新しい主を捨て、家族を捨てて、馳《は》せ参じたのであった。

又兵衛の入城は、けっして華やかなものではなかったが、これと対照的であったのが、長曾我部盛親《ちょうそかべもりちか》や真田幸村など、かつての大名や大名の子息であった。

彼らに付き従った家臣も、初めから百、二百と多かった。

だが、又兵衛の加勢は、大坂方にとって幸村らに優《まさ》るとも劣らぬ力強いものとなった。

淀の方は早速又兵衛を引見し、ねんごろに労をねぎらうと、引出物として小袖一重、錦の直垂《ひたたれ》、布団一揃いを贈った。

さらに豊臣家は、又兵衛に三千の兵と、扶持《ふち》を与えたが、又兵衛は与えられた金を使わず家臣たちに配った。

又兵衛は、兵を与えられると、さっそく兵馬の鍛錬に明け暮れた。後に加わった旧臣を加えて、又兵衛の軍団は豊臣方随一の精鋭部隊に仕上げられた。

新たに加わった家臣の又兵衛への忠誠心は、十余年来の家臣と同等かそれ以上であった。

城内には多くのキリシタン浪人が加わっていたが、その多くが志願して又兵衛の配下に加わった。黒田官兵衛が又兵衛に残したクルスを見て、又兵衛に心を寄せたためであった。話してみれば、又兵衛がキリシタンではないことはすぐにわかるのだが、キリシタン浪人は、ただ、その人柄に心を寄せて付き従った。

なぜそこまで、こうした部下たちに又兵衛が信頼されるに至ったか――。

それはひとえに、又兵衛の無私、無欲の心からであった。

こんな逸話が、今に残っている。

秀頼の妻千姫《せん》が、又兵衛とその家臣のために、必要な品々の目録を作って又兵衛に贈った。

だが又兵衛はこれを受け取ると、

「儂はしばらくの間、これほど多くのものを、使ったこともござらぬ。貰っても使い道に困るだけ」

そう言って、陣中で必要なものだけをわずかに選んだ。

又兵衛は、つねに武士の鑑《かがみ》と見えることを念じ、己の本分を全《まつと》うすることのみを考えていた。記録は、こうも伝えている。

後藤又兵衛は、家臣たちにつねづね、

「軍法は聖賢の作法なり。平生の行儀、作法をたしなむべし。人に将たらんとする者は、欲を浅くし、慈悲を深くし、士の吟味を怠るべからず」

と、命じていた。将たるものは、まず人間として優《すぐ》れてあれ、というわけである。

また、

「あくまで己のために、豊臣方に加勢した。たとえ秀頼殿であろうが、淀の方であろうが、儂は断じて節は曲げなかった」

又兵衛は口癖のようにそう語ったという。

こうした又兵衛の姿勢に感服した豊臣方の士気は、いやましに高まった。

城内で、後藤隊の存在はどこにいてもよくわかった。そして、どの隊も、隊列の組み方から槍の長さまで後藤隊を真似たという。

又兵衛の隊には、又兵衛にとって縁《ゆかり》の二人の武将が加わっていた。古田九郎八と宮本武蔵である。

九郎八は今や父古田織部の和平の努力も無駄となり、悔しさを滲《にじ》ませていたが、又兵衛と鍛錬を重ねるうちに、

「これで悔いなく死ねます」

と、又兵衛の励ましに、明るく応じるようになった。

武蔵は、慶長十七年、下関沖舟島（巌流島）で細川家お抱えの剣道指南役佐々木巌流と果たし合いを行ない、みごとこれを打ち破って、剣名を日本じゅうに轟かせていた。

だが、それほどの剣名がありながら、武蔵の仕官の道は厳しく、武蔵はいまだに一

介の浪人者であった。

大坂城内でも、武蔵は一兵卒にすぎなかったが、その立場を越えて、又兵衛は武蔵を部屋に招き、酒を汲《く》み交わした。

「このような戦さで命を落とすことはない」

又兵衛が言うと、

「天下の後藤又兵衛殿が指揮をとられるこの戦さ、負けるはずもありますまい」

武蔵は、飄然《ひょうぜん》と言ってのけた。

武蔵に励まされて、又兵衛は苦笑した。武蔵はどこまでも孤高の強さと逞《たくま》しさを兼ね備えた、雄々しい若武者であった。

又兵衛と武蔵の語らい、武芸から兵学、さらに絵画や酒、彫刻にまで及んだ。二人にとって、本阿弥光悦は共通の師なのである。

武蔵は、江戸で小笠原流兵学を学んでいたが、合戦の経験に乏しく、歴戦の強者《つわもの》後藤又兵衛の武勇伝に目を輝かせて聞き入るのであった。

殺気立った浪人衆の蠢《うごめ》く大坂城内にあって、又兵衛はそんな時が、もっとも愉しい時であった。

3

後藤又兵衛基次と、ほぼ時を同じくして大坂城に入城してきた真田幸村との間に、小さな亀裂が生じたのは、冬の陣を控えた、とある晩秋の日のことである。

又兵衛は、城を検分して歩き、難攻不落の名城大坂城にも、一点だけ弱点があることに気づいた。

城の南、玉造《たまつくり》口方面である。地形や道路事情から見て、東軍の攻撃が南側に集中することは明らかであった。

又兵衛は出丸を築くべく、図面を引き、土を採り崩す山も見つけ、材木も人夫の手当てもすませた。

ところが、この弱点に着眼した者がもう一人あった。真田幸村である。幸村もまた、又兵衛から数日遅れて、城を検分し、この玉造口が手薄であることを見抜いたのであった。

そこで幸村もまた、町で人夫と資材の手当てをし、現場に戻ってみると、奇妙なことに真新しい資材が山と積まれている。

「出すぎたことを。何者の仕業だ」

幸村の家臣が町に出て調べてみると、普請《ふしん》を命じたのが又兵衛であることがわかった。

「あ奴めか！」

幸村は、吐き捨てるように言ったという。

幸村と又兵衛の対立は、誇張してすみやかに城兵たちに伝えられた。

皆は、幸村の軍勢と又兵衛の軍勢が、城内で一戦に及ぶのでは、と噂し合い、震えおののいた。

城内の趨勢《すうせい》は、全体に又兵衛に味方する者が多かった。ちょうどその頃、幸村を敵方の回し者と悪し様《あざま》に言う者が多かったのである。

幸村の兄信之は、徳川方に与《くみ》して、この大坂攻めに参加しているからであった。

ちなみに、こうした風評を宣伝したのは、明らかに徳川方の間者《かんじゃ》であった。城内には浪人衆ばかりか譜代の家臣にまで密通者がおり、内部対立を煽《あお》るよう使命を帯びていた。

こうした陰湿な噂話を聞くたびに、又兵衛は心を痛めた。幸村はたしかに、

――小癪な奴！

ではあるが、表裏のある男ではない。徳川方の謀略に乗ってしまっては、初戦から

戦さは負けになる。

又兵衛は、この出丸の本家争いを自ら辞退した。

真田幸村の手で、建坪一万坪に及ぶ壮大な出丸が完成した。周囲に堀柵を巡らせ、空堀《からぼり》を掘り、その中にも二重の柵を打ち込み、堀柵には一間ごとに銃眼を六個も開けている。

又兵衛は、この強靭《きょうじん》でしかも機能的な構想に、素直に目を見張り、幸村を賞賛した。

この頃から、又兵衛の幸村を見る目は変わり始めた。

この出丸の効果もあって、慶長十九年冬、火蓋を切った大坂冬の陣は、徳川方に多大な損害を与えて膠着《こうちゃく》状態に入った。

この時も、もっとも華々しい戦果を上げたのは、後藤又兵衛と真田幸村であった。

淀の方や秀頼の期待どおり、又兵衛は城外に出て、佐竹義宣《さたけよしのぶ》、上杉景勝《うえすぎかげかつ》の軍勢を鮮やかに蹴散らし、木村長門守重成の初陣《ういじん》を手助けした。

この時、敵の攻勢に、重成はただ一騎で城を出て佐竹勢を追い詰めたが、上杉勢の側面からの攻撃に後退を余儀なくされた。

そこに現われたのがほかならぬ後藤又兵衛であった。又兵衛と重成は、敵をはるか後方まで追い詰め、一時は敗色濃かった味方軍を、がぜん優勢に導いたのであった。

一進一退の攻防はさらに続き、徳川方も攻め切れぬまま、籠城側に有利かと見えたが、その時、家康が用意した秘密兵器が、ついに火を噴いた。

近江《おうみ》の鉄砲鍛冶《かじ》国友《くにとも》に造らせていた巨大な大筒《おおづつ》である。十寸（直径三十センチ）を超える鉄塊が、秀頼や淀の方の寝所がある本丸の屋根を直撃した。

たまりかねた豊臣方は、家康の提案する和議条件を呑《の》み、停戦となった。

だが、木村重成らの懸命の和平工作によって成った和議条件も、本多正純ら狡猾《こうかつ》な徳川家側の計略によって、なし崩しとなった。

徳川方は、一方的に城の外堀を埋め尽くし、大坂城を裸の城としてしまったのである。


やがて短い停戦期間も終わろうとした時、又兵衛は城に女人を迎えた。

出雲阿国であった。阿国が幸村を訪ねてきたのか、又兵衛を訪ねてきたのかは知れなかったが、久々の阿国の晴れやかな姿は、張り詰めた城内の空気を和ませ、又兵衛と城兵たちに一時の休息を与えるものであった。

阿国は又兵衛に、黒田長政が次の合戦には必ず加わるであろうと告げ、長政が、冬の陣における又兵衛の働きを賞賛していたとも伝えた。

それより以前にも長政は、又兵衛の大坂城入城を聞き、

「大坂方には、基次以上の者はあるまい。」家康公は惜しい男を敵に取られたと悔しがられよう。

と言ったという。

又兵衛は、こうした話を阿国から聞き、長い歳月のうちに胸の奥に溜まった長政へのわだかまりが、ゆっくりと氷解していく思いであった。

4

阿国が去ってから十日ほど後、大坂城内で又兵衛と幸村の二人の軍師の対立がふたたび火を噴いた。夏の陣直前の軍議の席で、二人がまたもや激突したのである。籠城戦を主張する譜代の諸将に対して、又兵衛や幸村など浪人大将たちはいずれも城外決戦を主張した。

いまや裸城同然となった大坂城では、籠城策がほとんど意味をもたないことは、今や誰の目にも明らかであった。

浪人諸将の意見の中で、有力なものはやはり又兵衛と幸村の献策したものであっ

た。

問題となるのは、主戦場をどこにするかである。

又兵衛は城の東五里（約二十キロ）に位置する小松山、幸村は南一里の四天王寺周辺であった。

幸村の意見では、四天王寺周辺は大坂城と同じ台地に位置し、城からわずかばかりの距離にあるため、御大将秀頼の出馬も望まれ、兵の士気も大いに鼓舞《こぶ》されるというのである。

これは、いかにも籠城戦に長《た》けた真田伝統の戦略であった。

が、又兵衛は、幸村の戦略に強く反対した。

四天王寺周辺は敵三十万、味方十二万と兵力に大きな差があるうえ、平坦で敵に囲まれやすいという理由《わけ》であった。

又兵衛の作戦はこうである。

東から大軍を大坂平野まで導き入れるためには、大和と河内を隔てる山岳地帯を通らざるをえない。生駒《いこま》、信貴《しぎ》、二上《にじょう》、金剛《こんごう》といった山脈で、これが大和と河内を屏風《びょうぶ》のように隔てている。ここでは、さしもの敵の大軍も山間《やまあい》を縫い、細く延びて進軍せざるをえない。

——その隘路《あいろ》を叩けば、勝機はある、
又兵衛はそう判断した。

又兵衛は烏の入念な情報蒐集《しゅうしゅう》によって、徳川方が必ずこの国分の隘路を抜けてくる、と確信していた。

一方、幸村は幸村で、又兵衛の戦略に強く反対する理屈をもっていた。

まず第一、敵が必ずその経路を通ってくる保証はないし、もし虚を衝《つ》かれたら大坂方にまったく勝機はない、そういうのであった。

両者の意見はそれぞれに賛同者があり、城内の意見は真っ二つに割れた。

両者の意見が対立したまま収拾がつかないのを見て、譜代の筆頭大野治長《おおのはるなが》が、実戦の経験者には及びもつかない、実に珍妙な折衷《せっちゅう》案を提示した。

兵を二つに裂き、その一部を四天王寺方面へ、もう一部を小松山に当てようというのである。

「これはよい。妙案です」

御袋様と呼ばれた淀の方がこれに賛同した。

「秀頼殿は——」

母にそう促されて、秀頼は一も二もなかった。人並み外れた大男の秀頼ではあったが、まだ歳若く、大将としての判断力があろうはずもなく、ましてや母親にはまるで頭が上がらない。

「ならば、その案で」

治長は、得意げに諸将を見渡した。

小松山に五万の兵、四天王寺に五万の兵。これで東軍二十万余と当たらねばならない。寡兵を二つに割るのは自殺行為なのであったが、そのことを指摘する者はもはや誰一人いなかった。

5

烏が、ひょっこり又兵衛を訪ねて来たのは、阿国が大坂城を去って一月ほど後の元和元年（一六一五）春三月のことであった。

烏は、江戸おもての動向を探るため、しばらく城を留守にしていたのだが、いよいよ和議の決裂は近いと読んで、急ぎ合戦に備えて大坂に舞い戻って来たのであった。

烏は、阿国が城に登り、又兵衛と幸村の双方に会ったことを知り、又兵衛に会う前に義憤を感じて阿国のあとを追った。

つかまえて、詰問するつもりだったが、京で再会した阿国はまるで悪びれる様子がなかったという。

「いやぁ、女人の心はあっしにはとんとわかりませんや。旦那のことが忘れられない、とさめざめと泣いたかと思えば、今度は真田幸村のことが心配で夜も寝られない、と言うんですからね。女は一途、なんてとうの昔のことなんでございましょうよ」

呆《あき》れたように烏が言えば、

「阿国らしいわ」

又兵衛は、ただ苦笑いするばかりである。

「旦那は腹が立たないんで——」

目をつり上げて問い返す烏に、

「腹を立ててどうする。阿国は、嘘のつけない女だ。この俺のことが忘れられないというのなら、それはそうなのだろう」

又兵衛は、まるで意に介するようすもない。

「ですが、真田も……」

「よいではないか。幸村殿も男。女人をひきつけるだけの魅力は十分にある」

「そんなものでしょうかねえ」

烏はどこまでも腑《ふ》に落ちないらしい。

「それより、一座の者は皆、息災《そくさい》であったか」

「おっと。忘れておりました。阿国さんから旦那に手紙を預かっております。あまり腹が立つんで、何度も破いてしまおうかと思いましたよ」

「手紙――?」

「香の匂いがプンプンする手紙でね。恋文ってやつですよ。あっしはこの歳になるまで、一通だってもらったことがなかった。ならば、真田様にも出すんでしょうって、あっしがカマをかけると、そんなことをするつもりはない、手紙は旦那だけだ、と言うじゃありませんか。あっしは、これでまたますます女の心がわからなくなりやした」

烏は、不満を言いながら、懐中から女文字で綴《つづ》った阿国の手紙を取り出して、又兵衛に渡した。

まだ微《かす》かに香の残る阿国の文を開くと、そこには女人には珍しい力強い筆致で、切々と又兵衛恋しさの文面が綴られていたが、手紙の末尾で、阿国は思いがけないことを又兵衛に知らせていた。

阿国は、江戸おもてから京に戻る途中の、黒田長政に再会したというのである。

長政は西方への与力《よりき》（助勢）を恐れる徳川家康によって江戸に足止めをくらっていたが、どうやら勝負の帰趨《きすう》も決したと判断したか、放免されたらしい。

長政は話がこのたびの戦さのことに及ぶと、阿国の前で男泣きに泣き、又兵衛に辛く当たったことをつくづく悔いている、と語ったという。

なぜにわかに心変わりをしたのか、阿国が尋ねたところ、

「いよいよ又兵衛を失うかもしれない、と思うと、自分の心に占めていた又兵衛の大きさを、あらためて思うのだ」

そう、重く嘆息しながら告げたという。

阿国は、田舎の大名らしい間の抜けた、また身勝手な台詞《せりふ》と、手紙の中で憤慨していたが、又兵衛はもはや長政に怒る気にはなれなかった。

又兵衛の中では、もはや今の長政は遠い。遠いが故《ゆえ》に、長政はとうに幼き日の松寿丸に戻っており、目蓋《まぶた》を閉じれば、楽しかった思い出だけが脳裏に甦ってくるのである。

その想いは、阿国に対しても同じであった。すでに阿国は又兵衛の中で、辛い生涯を彩《いろど》る最良の日々の思い出であり、激しい胸の高なりと、柔らかな肌の感触と甘い香りの記憶が、思い出と離れずにある。

阿国は、つまるところ、又兵衛にとって観音様《かんのん》であった。生きる喜びを教え、心のよすがを与えてくれた菩薩のような存在であった。

「みな、俺にとってかけがえのない人ばかりであったな……」

又兵衛が真顔でそう言うと、烏もにわかにシュンとなって、もぞもぞと口籠った。

烏も、今度ばかりは大坂方に勝利の見込みがありえないこと、そして又兵衛が二人とは永久《とわ》の別れとなることを知りぬいているのである。

「そうでした。阿国さんから、手紙のほかに大切なものを預かってきました」

烏は、懐《ふところ》から薄紅色の艶《あで》やかな布に包んだ二尺足らずのものを取り出して、又兵衛に捧げた。

ゆっくりと包みを解くと、中から現われたのは、由緒《ゆいしょ》ありそうな懐刀と、黄金の十字架であった。又兵衛は、その二つにはっきりと記憶があった。

懐刀は、長政の筑前左文字の逸品《いっぴん》であり、十字架像は、阿国が常に肌身離さずにいた、あの黄金のロザリオであった。

「このような大事なものを……」

又兵衛は絶句して、二つを握り締めた。

「長政殿の心も、阿国殿の心も手にとるようにようわかる。いまだに両人は、この又兵衛を忘れずにいてくれたのか」

目を閉じると、又兵衛の脳裏に二人の姿がありありと甦り、親しげな笑顔で語りかけてくる。

「もはや、思い残すことはないわ。願うは武士の一分《いちぶん》を通すことのみ。見苦しくない戦いをせねばな」

又兵衛が言うと、鳥は、

「あっしも旦那にお供して幸せでしたよ。旦那のご器量の大きさにはあらためて感服しました。それだけのお人柄だからこそ、人もそうして心を預けてくるのでございましょう。この鳥、今となっては死ぬも生きるも旦那まかせでございます。忍びには、まだまだできることがございます。どんな無理難題でもお申しつけください」

鳥が、こみあげる熱い思いを込めて、又兵衛に訴えた。

「その命、この又兵衛に預けてくれると言うのか。ならば、よくよくそのことを覚えておくぞ」

又兵衛は、鳥の手をしっかりと握りしめ、華奢《きゃしゃ》な、骨ばかりの鳥の肩を力強く叩くのであった。

6

元和元年（一六一五）五月一日、いよいよ、東軍を迎え撃つ新編成が成った。

それは、先の兵力二分案さえはるかに後退した消極策であった。

第一軍に、後藤又兵衛以下六千四百。明石掃部全登以下八名の武将を置く。

第二軍、真田幸村以下一万二千。毛利勝永《もうりかつなが》以下六名、軍監伊木遠雄《いきとおかつ》。

いずれにも、絶対の指揮権が与えられたわけではない。いわば寄せ集めの軍団で、指揮権もばらばらである。

幸村と、幸村麾下《きか》にあった毛利勝永、それに後藤又兵衛の三者が、さっそく又兵衛の平野の陣で合議に入った。

この時又兵衛は、ひどく落ち込んでいた。この頃、いやな出来事が持ち上がっていたのである。

又兵衛の陣屋に、しばらく前のこと、京相国寺《しょうこくじ》の揚西堂なる僧が訪れ、家康の密使として次のようなことを伝えて帰った。

揚西堂は、家康が又兵衛に、

「もし大坂を裏切りなされば、貴殿御生国の播磨一国五十万石をあてがおう」

と約束したというのである。
無論のこと、又兵衛はこれを受けなかった。それでも、
「それほどまでに、拙者をお買いくださるとは、武士の誉れ。よしなにお伝えくださ
い」
又兵衛は、丁重に使者を送り帰した。
「後藤又兵衛殿御謀叛《むほん》」
この噂は、瞬《また》く間に大坂城内に広がった。
一本気な気性なだけに、味方からのこの悪評は又兵衛をひどく腐らせた。
「又兵衛の潔白、城内の愚か者どもにはっきり見せてくれるわ」
又兵衛はいきまいた。
たとえつまらぬ噂とはいえ、悪評には又兵衛の誇りがなんとも許せないのである。
又兵衛は、いわば己の武士の誇りの拠《よ》り所を求めてこの戦さに加わっていた。又兵
衛はその誇りのために、死に場所を求めていたと言っても過言ではなかった。
それだけに、又兵衛に残されていたのは、潔白を示すための行動のみであったと
いっていい。
(又兵衛め、華々しく死ぬ覚悟か)

幸村は、その沈み込んだ横顔を見ながら、そう思った。

この頃、徳川家康はすでに京二条城にあり、大坂方の動きをじっと睨んでいた。じりじりしながら待つ家康の元に、ようやく密偵からの報告が入った。後藤又兵衛が国分越えで待ち伏せすべく、兵を纏《まと》めているというのである。

この報告を聞き、家康は一気に又兵衛の軍勢を叩くべく、五月五日夜半、河内の国星田《ほしだ》という所まで進軍した。

又兵衛の狙いを読みとり、その裏をかいて、主将を迎え撃たんと計ったのである。

実にその数三万四千。最終的に又兵衛に与えられた兵力の、五倍もの戦力である。

第一軍水野勝成、四千。第二軍本多忠政、五千。第三軍松平忠明、四千。第四軍伊達政宗、一万。そしてあの鬼子松平忠輝一万八百という内訳であった。

先鋒の水野勝成は小身の譜代であったが、完全な指揮権を与えられ、奮《ふる》い立っていた。

この東軍の動きは、当然のこと、大坂方にも報告された。

物見の者から、

「敵の大軍が、揃いも揃って大和方面に集結した」

との報告を、四天王寺本堂で受け取った真田幸村は、この時苦笑いを浮かべて聞

き、

「又兵衛めの読みが当たったようだ」

と唇を歪めてみたが、すぐに軍を纏めて、又兵衛のあとを追った。

そこはさすがに希代《きたい》の軍師である。己の作戦に後悔はしなかった。

軍議は重ねられたが、三将が出した結論は、当然のことながら、国分まで進出した東軍に一致して当たるというもの以外にはありえなかった。そうと決まれば、もはや迷いはなかった。いずれも鋭い戦略眼を備えた軍師、勇将である。

その夜のうちに、又兵衛の第一軍が先発し、それを追って幸村の第二軍が続き、道明寺にて全軍が集結、夜明け前には国分峠を越えて敵の先陣を突き崩し、一気に家康の本陣に雪崩《なだれ》込むという手筈である。

計画どおりいけば、明日のうちにも家康の首を上げられるかもしれなかった。

「すまんな」

又兵衛は、しっかりと幸村の手を取った。

「あらためて申すまでもなかろう」

幸村は、むしろ平然として言った。

それが、又兵衛と幸村の最後の別れとなったのであった。

7

又兵衛は、約束どおり先発した。後から来る幸村の軍勢が追いつくように、あえてゆっくりと行軍した。

結局、最終的に大坂城の重臣たちが与えてくれた軍勢は二千八百。ほとんど捨て石といっていい兵力であった。又兵衛への裏切りの嫌疑ゆえの小兵である。

その必敗の部隊が、わずかな月明かりを頼りに、長い隊列となって奈良街道を進み、ついに小松山に辿《たど》り着いて布陣した。

又兵衛は長い話を語り終えると、低く唸った。

「ううむ」

「これが俺の一生だ」

若い侍たちは押し黙って、又兵衛を見つめた。

「儂がこの戦さに加わったのは、豊臣家への恩のためでも、徳川への怨みからでもない。儂は乞食まで身を落としたが、骨の髄《ずい》まで武士であることを思い知った。武士は己の本分を貫くために死ぬ。それが儂の、何ものにもとらわれず生きてきた最後の証しだ。皆も己のために戦え。生き長らえたければ、落ち延びるのも自由だ」

又兵衛は、言い置くと、眼下に広がる雲霞のような敵の大群をしっかりと捉え、

「無駄死にだけはするな。最後まで命を大切にせよ。いずれまたあの世とやらで会おうぞ」

又兵衛が言い終わると、敵はすでに山麓近くに迫り、雄叫《おたけ》びと銃声が怒濤のように耳にこだました。又兵衛は一人一人の若者たちの手をしっかりと握りしめた。

「勝敗は問題ではない。生死も問題ではない。武士として己を貫き、悔いのない戦いをすることを心がけるのだ。全ての命をこの一瞬に燃やせ。その命の炎の高さを、後々の語りぐさにしようぞ」

又兵衛に呼応して、又兵衛を取り巻いていた若者の間から、腹の底から突き上げるような雄叫びが上がった。

遠く敵の勝鬨《かちどき》が聞こえた。新手が加わり、味方の軍勢が乱戦の中で押されているらしかった。物見が、寄せ手に松平忠輝も加わったことを又兵衛に知らせた。

又兵衛は、鷹揚《おうよう》に笑うと、

「あ奴め、もう一戦挑むというか」

すっくと立ち上がり、分身のごとき自慢の赤槍をしっかりと引き寄せた。

「皆の者、華々しく戦おう！」

又兵衛の声に応じて、男たちが一点の陰りもない雄叫びを上げた。

愛馬に蹴りを入れた又兵衛は、第二軍の本多忠政の軍勢五千の真ん中を、先頭を切って突き抜け、一気に第四軍伊達政宗一万の只中にまで勇ましく突進していった。

が、その時伊達勢の名もない兵卒が撃ちつけた銃弾が又兵衛の胸板を貫いた。

又兵衛は馬上でぐらりと揺れたが、それでも怯《ひる》まなかった。

「ええい、進め。進め。一本槍に突き進むのだ。後藤又兵衛、ここにあり。勇なる者は挑め！　挑め！」

阿修羅のような形相で、又兵衛はなおも敵陣めがけてまっしぐらに馬を駆った。

それを見た精強を誇る伊達勢は、又兵衛の不死身の体力と闘志に、一時ただ呆然とその姿を見守っていた。

「あれが、後藤又兵衛。天晴《あっぱ》れな武者よ」

この闘いで、不思議なことに又兵衛の首を上げた者はいなかった。

この大坂の役の後、巷間に又兵衛は落ち延びて四国に至り、そこで豊臣家の再起を計ったという風説が、まことしやかに語り伝えられたが、それは又兵衛の抜きん出た勇ゆえであろう。

この戦さで又兵衛は死んだ。それが、又兵衛の望みだったのである。又兵衛は、勝敗はすでに念頭になかった。

武士の一分を立て、真の己を全《まっと》うしたいがために又兵衛は闘ったのである。

ちなみに、この小松山の一戦で真田幸村は藤井寺まで到着し、ようやく数刻遅れて東軍と小競り合いを演じただけで退却したという。

幸村が死んだのは、大坂城外四天王寺、幸村が又兵衛とその戦略の優劣を激しく争った戦場でであった。

あとがき

古い日本映画に、『乞食大将』という作品があった。本作の主人公後藤又兵衛を市川右太衛門が演じたもので、モノクロフィルムながらシナリオもよく練られており、なかなか見ごたえのある作品に仕上がっていた。

話に聞けば、戦前の又兵衛人気はかなりのものだったらしく、ほとんど国民的英雄といっていいほどだったという。

圧倒的劣勢にあった豊臣方に与し、徳川に立ち向かった忠義の人というのが、この当時の又兵衛の位置づけである。

だが、又兵衛を忠義の人と呼ぶのはいささか語弊があるような気がしてならない。又兵衛は、けっして豊臣家に恩義を感じて大坂城に乗り込んでいったわけではないし、劣勢の豊臣家に判官贔屓したわけでもない。あくまで武士の誉れとして、また己の死地を求めて単身大坂城に乗り込んでいったのである。

後藤又兵衛は、むしろ忠義だの主従だのといった日本的な枠組みから飛び出し、一匹狼として自由に生きた武士である。

かといって、又兵衛はただ単に「オレ流」を貫いただけの武士ではない。又兵衛には、己の価値観と信念があった。人間らしい心のあり方を尊び、これに反する無理な押しつけは断固として拒否した。そして己を押し殺し、陰湿なしがらみの世界に生きるくらいなら、乞食となっても青空の下で生きることを選んだのだ。

むろん、今風のニートではない。武士が不要となりつつあった時代、しかも追手から逃れながらの命懸けの乞食稼業である、よほどの覚悟と信念がなければ続けられるものではない。

それにしても、儒教的な主従の規範に従う後の世の武士と比べて、又兵衛の生きざまはなんとも個性的で、我々の思い描く武士像とはずいぶんと違う。いったいそのような生き方が、その昔この日本において本当に可能であったのか、と疑ってしまうほどである。

だが、下克上を生きた戦国武士の中には、こうしたサムライが確かに存在した。

もうひとり「オレ流」を貫いた渡辺勘兵衛という一匹狼を紹介しよう。勘兵衛もまた又兵衛と同じ槍の達人で、阿閉貞征、羽柴秀勝、中村一氏、増田長盛と次々に主を替え、己の意地と名誉を貫いて、とうとう二万石で藤堂家に召し抱えられた。

だが、主家とソリが合わなかったところも又兵衛とよく似ていて、大坂の陣の折、ついに主の高虎と衝突し、藤堂家を去ってしまう。

勘兵衛はその後、死ぬまでの二十五年間、素浪人となって風流の世界に生きたという。

渡辺勘兵衛もまた、又兵衛と同じく己の価値観で戦場を渡り歩くことに誇りと生きがいを持っていた「オレ流」の武士だったのである。

平成二十五年四月

麻倉一矢

（文庫本）『一本槍疾風録』（一九九四年六月、祥伝社ノン・ポシェット）

人物文庫

後藤又兵衛《ごとうまたべえ》

二〇一三年 五 月八日［初版発行］
二〇一三年一一月五日［2刷発行］

著者――麻倉一矢《あさくらかずや》
発行者――佐久間重嘉
発行所――株式会社学陽書房
東京都千代田区飯田橋一－九－三 〒一〇二－〇〇七二
〈営業部〉電話＝〇三－三二六一－一一一一
FAX＝〇三－五二一一－三三〇〇
〈編集部〉電話＝〇三－三二六一－一一一二
振替＝〇〇一七〇－四－八四二四〇

フォーマットデザイン――川畑博昭
印刷所――東光整版印刷株式会社
製本所――錦明印刷株式会社

ISBN978-4-313-75287-0 C0193

学陽書房**人物文庫**好評既刊

軍師 黒田官兵衛
野中信二

「毛利に付くか、織田に付くか」風雲急を告げる天正年間。時代を読む鋭い先見力と、果敢な行動力で、激動の戦国乱世をのし上がった戦国を代表する名軍師の不屈の生き様を描く傑作小説！

戦国軍師列伝
加来耕三

戦国乱世にあって、知略と軍才を併せもち、ナンバー2として生きた33人の武将たちの生き様から、「混迷の現代を生き抜く秘策」と「組織の参謀たるものの条件」を学ぶ。

西の関ヶ原
滝口康彦

「関ヶ原合戦」と同時期に行われた九州「石垣原の戦い」。大友家再興の夢に己を賭ける田原紹忍と、領土拡大を狙う黒田如水が激突したその戦いを中心に、参戦した諸武将の仁義、野望を描く。

竹中半兵衛
三宅孝太郎

戦国美濃の地に生を受け、研ぎ澄まされた頭脳と戦局をみる眼を持った男。やがて天下人となる秀吉に請われ、数々の戦場にて天才的軍略を献策し続けた戦国屈指の名参謀の知略と度胸を描く。

黒田長政
徳永真一郎

黒田官兵衛の子として生まれ、もう一人の名軍師竹中半兵衛のもとで匿われて育った智勇兼備の「戦国最高の二代目」の生涯と、黒田軍団11人の列伝などを網羅した戦国黒田家がわかる一冊。